Toni Morrison
〔美〕 托妮·莫里森 著
刘昱含 译

孩子的愤怒

GOD HELP THE CHILD

南海出版公司

新经典文化股份有限公司
www.readinglife.com
出　品

献给你

让小孩子到我这里来，不要禁止他们。

——《路加福音》18:16

第一部

甜心

那不是我的错，所以别指责我。我没做错什么，也不知道那种事怎么会发生。他们把她从我腿间拽出还不到一个小时，我们就意识到出了问题。错得离谱。她黑得要命，就像午夜，像苏丹人，把我吓坏了。我的肤色很浅，头发顺滑，卢拉·安的父亲也是，我们这种人叫“浅色混血儿”。她的肤色和我家族里谁的都不像，柏油是我能想到的最贴切的比喻。她的发质和皮肤也不相配，很古怪——从某种程度上说是直的，但又像澳大利亚那些赤身裸体的土著那样卷曲。你可能会觉得这是种返祖现象，可她像我的哪个祖先呢？你应该见见我的外祖母，她装成了白种人，从此再没跟她的孩子多说一个字。我母亲和姨妈写给她的每一封信，她一收到就原封不动地寄回来。她们最终懂得了这种无言的信息，也就断了念想。在那个年代，几乎所有黑白和四分之一混血儿都是那么做的，只要他们长对了头发。你能想象有多少白人血管里偷偷流淌着黑人的血吗？猜一猜。我听说有百分之二十。我的母亲卢拉·梅本可以轻松地装成白人，但她做了相反的选择。她曾经告诉我，她为这个决定付出了怎样的代价。她和我父亲去县政府结婚时，那里有两部《圣经》，他们得把手放在黑人专用的那部上，另一部只有白人的手才能碰。那可是《圣经》啊！你能相信吗？我母亲那时在一对富有的白人夫妇家里当管家，他们吃的每顿饭都出自她手，在洗澡时还坚持要她帮他们搓背，谁知道他们还让她做过多少贴身事务，可她就是不能和他们碰同一部《圣经》。

你们有人可能会想，和同肤色的人抱团生活，在俱乐部、居民区、教堂、联谊会甚至黑人专属学校里按肤色分类，觉得肤色越浅越高贵，这不是件好事。可我们还有什么方法能保持这少得可怜的一点尊严？还有什么办法能让你避免在杂货店里被吐口水、在公交站被推推搡搡、在排水沟里走而把整个人行道让给白人、在食品店里花五分钱才能得到白人免费拿的纸袋？更不用提家常便饭般的辱骂了。我对那些事都有耳闻，而且听到的远不止那些。但是，正是得益于她的浅肤色，我母亲在百货商店里试帽子或是去厕所时，从来没有人会拦下她。我父亲则可以在鞋店门口光明正大地试穿，不用钻进后面的房间。哪怕渴得要死，他们也绝不会去“有色人种专用”的饮水处。

虽然我真不想这么说，但从我还在产房时开始，这个孩子，卢拉·安，便让我难堪。她出生时皮肤像所有婴儿一样浅，连非洲的孩子都是那样的，但她飞快地变深了。她在我眼皮底下变成黑得发蓝的颜色时，我想我要疯了。我知道自己有一瞬间真的失去了理智，因为那一次，虽然只有几秒钟，我用一条毯子捂住她的脸按了下去。但我下不去手，不管我多希望她出生时没有带着那样一身可怕的颜色。我甚至想过把她丢给哪个孤儿院，可是想想自己也会成为那种把婴儿放在教堂台阶上的母亲，我就胆寒。最近，我听说德国一对皮肤雪白的夫妇生了一个深色皮肤的婴儿，没人能说清为什么。我记得那是一对双胞胎，一个白的，一个黑的。但我不知道是不是真事。我只知道，对我来说，给她喂奶就像让一个小黑崽子吮我的奶头，一回到家，我就改用奶瓶喂她了。

我的丈夫路易斯是个列车员，下了火车回到家后，他看着我，就好像我真的疯了；又看看她，就好像她是从木星来的。他不是个一天到晚骂骂咧咧的人，所以听见他说“他妈的！这是什么玩意儿”的时候，我知道我们完了。那就是一切的罪魁祸首，我们从此以后吵个不停，那件事毁了我们的婚姻。在那之前，我们一起度过了三年的好日子，可她出生后，他把一切归咎于我，把卢拉·安当成一个陌生人——比那更甚，一个敌人。

他一下也没有碰过她，我也一直没能让他相信我从来没有跟其他任何男人鬼混过。他一口咬定我在撒谎。我们一直为此纠缠不休，最后我说，她那么黑，一定是他家那边的问题，跟我家这边没关系。这句话无异于火上浇油，毫无挽回余地，他站起来就走了，我只能去找更便宜的住处。不能带着她去跟房东讨价还价，这点我再明白不过了，所以我把她托付给了一个十来岁的表妹。我尽一切可能减少她抛头露面的机会，因为当我用婴儿车推着她走在街上时，朋友或路人会弯腰窥探，本想夸夸孩子，可随后便会大吃一惊，缩回身子甚至后跳一步，皱起眉头。那很伤人。如果我跟她的肤色对调，我看起来还能像是个保姆。作为一个有色人种女人，哪怕肤色很浅，想在城里体面的地方找个住处已经够难的了。在卢拉·安出生时的九十年代，法律禁止房屋租赁中出现歧视行为，但没有几个房东理会，他们会编造各种理由，把你挡在门外。幸好我从雷先生手里租到了房子。我知道，他要比广告上明码标价的租金多收我七美元，而且只要稍有拖欠，他就会暴跳如雷。

我让她喊我“甜心”，而不是“母亲”或是“妈妈”。这听起来比较保险。她那么黑，嘴唇厚得出奇，从她嘴里蹦出一声“妈妈”，一定会让别人觉得不可思议。何况她眼睛的颜色也很奇怪，像乌鸦一样黑，黑得发蓝，简直带着股邪气。

就这样，很长时间里只有我们俩一起过日子。不用我说你也能想到，身为一个被抛弃的妻子，我的生活该有多艰辛。我猜，在那样抛弃我们之后，路易斯感到了一点内疚，因为几个月后，他找到了我们的新住址，开始每个月寄钱给我，我可从来没有主动要求，更没有为此打过官司。有了他寄来的五十美元汇票和我在医院上夜班挣的钱，我和卢拉·安就不用去领救济金了，这是件好事。我希望他们别再叫它“救济金”，而是用回我妈妈还是小孩时的叫法，“救急金”，那样听起来好很多，就像你只是需要喘口气，然后就能重新振作。另外，发放救济金的工作人员刻薄得要命。等我终于找到工作，无须再面对他们的时候，我拿的工资比他们还多些。我猜，就因为他们自己的薪水如此微薄，他们才会像打发乞丐一样对待我们。尤其是他们看到卢拉·安，再把视线转回我身上时，态度就更刻薄，好像我在说谎。虽然我们的处境变得好一点了，但我仍需小心，小心地选择抚养她的方式。我必须严厉起来，非常严厉。卢拉·安需要学会乖乖听话，低眉顺目，不惹麻烦。我不在乎她要改几次名字。她的肤色是她背上永远也摆脱不掉的十字架，但那不是我的错。不是我的错。不是我的错。不是。

布莱德

我害怕极了。我身上正在发生什么怪事。我感到自己要融化了。我没法向你说清那种感觉，但我知道那是从什么时候开始的。就在他说完那句话之后："你不是我想要的那个女人。"

"我本来也不是。"

我至今也不知道我为什么要那样说，那句话脱口而出。但他听到我粗暴的回答后，狠狠地瞪了我一眼，穿上牛仔裤，抓起靴子和T恤。听到摔门而去的声音时，有一瞬间，我想他结束的或许不是这场愚蠢的争吵，而是我们这段关系。不会的。随时都可能响起钥匙转动、前门开合的声音。但那个晚上，我什么都没听见。什么都没有。到底怎么了？我不够热情？不够漂亮？我不该有主见吗？不该做他反对我做的事？早上，我一醒来就怒不可遏。他走了正好，因为很明显，他只不过在利用我，看在我有钱还能让他操的分上。我气坏了，如果你那时候见到我，会觉得我像是跟他一起在拘留所里蹲了六个月，既没有被提审也没有见过律师，然后突然间，法官宣告一切结束——案件被撤销或是起诉被驳回。无论如何，我不会抱怨、痛哭，也不会指责他。他说了一句话，我同意，仅此而已。让他滚吧。何况，我们的关系根本没那么精彩，甚至连我曾经放纵自己享受的略带危险色彩的性爱也不过尔尔。呵，我们之间跟那些时尚杂志里横跨两页的专栏里描绘的完全不同，你知道，就是那种被海浪包围的半裸着的情侣，表情露骨，欲火如同闪电，天空也暗沉下来，反衬出他们肌肤的光泽。我非常喜欢那些广告。可我们的关系甚至不像一支复古的R&B歌曲：精心安排的鼓点穿插在旋律间，让人脸红心跳。它甚至也不像三十年代蓝调的歌词那样甜腻："宝贝，宝贝，你为什么如此对我？你让我去哪里，我都愿去；你让我做什么，我都愿做。"为什么我非要把我们的关系跟杂志广告和音乐相比呢？我不知道，但我因此来了兴致，选了《与爱共舞》[①]。

①惠特妮·休斯顿1987年发行的专辑《惠特妮》中一首极受欢迎的舞曲。（本书注释均为译注。）

第二天一直在下雨，雨点子弹般砸在玻璃上，拉下一道道晶莹的水线。我抵抗着诱惑，努力不向窗外、向公寓楼下的人行道投去视线。而且我也知道那里会有什么——脏兮兮的棕榈树在路边排成行，寒酸的小公园里摆着长椅，偶尔有一两个行人路过，远方是一道银色的海。对他去而复返的希冀纠缠着我，我拼命抗拒着它的摆布。一旦一朵极小的思念的浪花浮上心头，我就奋力压下它。中午时分，我打开一瓶灰皮诺葡萄酒，陷入沙发，小山羊皮和真丝靠垫那么舒服，比得上任何人的拥抱。还差一点。因为我得承认，他是个漂亮的男人，堪称完美，除了上唇一道细小的伤痕和肩上一块狰狞的疤——橙红色的一大团，还带着条尾巴。如果没有这些，他便彻彻底底是个完美无缺的男人了。而我也不赖，所以想象一下我们有多般配吧。一两杯酒下肚，我有点飘飘然，决定给我的朋友布鲁克琳打电话，说个痛快。说说他是怎么用那十一个字击中我的，简直比一记拳头还狠：你不是我想要的那个女人。说说那句话怎么让我如坐针毡，然后我只能就那么认了。蠢死了。但我转念一想，又不打算打这通电话了。谁都知道是怎么回事，还是老一套。不就是他离我而去，我不明所以吗？何况公司的麻烦已经够多了，我不该拿又一次分手这种琐事去烦我最好的朋友兼事业伙伴。尤其是现在。我已经当上了区域经理，就像个船长一样，我应该与船员们保持适当的关系。我们所在的希尔维娅有限公司原本是一家小型化妆品企业，但现在生意红火，能在市场上呼风唤雨，以至于人们都淡忘了它渺小的过去。它在四十年代时名叫“希尔芙高品位女士胸衣公司”，随后被收购并更名为“希尔维娅成衣公司”，后来又改成了现在的名字，开发出六个时尚化妆品系列，以迅雷不及掩耳之势火了起来。这六个系列里有一个是属于我的，我把它命名为“真我女孩：属于你自己的新千年之选”。它适用于一切肤色的女孩，从乌黑到浅黄再到乳白。而且它是我的，从创意、品牌到营销，全部都是我的。

我在真丝靠垫下舒服地蜷起脚趾，看着高脚杯上微笑的口红印，不禁也微笑起来。满意了吗，卢拉·安？你以前想象过自己有朝一日会变得这么性感、这么成功吗？也许她才是他想要的那个女人。但卢拉·安·布莱德威尔已经不存在了，她也从未成为一个女人。卢拉·安是十六岁时的我，高中一毕业，我就抛弃了那个愚蠢的乡下名字。我成了安·布莱德。两年后，在面试希尔维娅的一个销售职位时，我灵机一动，把它缩短成了“布莱德”[1]。所有人只需用这个简单而

①原文为“Bride”，意为“新娘”。

响亮的名字叫我。客户和同事们都喜欢这个名字，唯独他不理会。他总是喊我“宝贝”——“嘿，宝贝”“来啊，宝贝”，有时候会说“我的女孩”，重音落在“我”上。只有在分手的那一天，他才用“女人”来称呼我。

下肚的白葡萄酒越多，我就越如释重负。再也不用在一个谋生手段未知、谜一样的男人身上浪费感情了。他以前说不定是个重罪犯呢。不过，有一次我开玩笑问他在我上班时怎么打发时间，是无所事事，还是出去散步，还是和什么人见面的时候，他大笑起来。他说他每周六下午去城里，并不是为了接受缓刑监督员或是戒毒咨询师的检查，但他也从未告诉我他究竟是去干什么的。我把自己的一切都原原本本地告诉了他，他却什么也没和我吐露过，所以我只能用电视剧里的情节补全关于他的想象：他是个获得了新身份的线人，或是个被吊销了执照的律师。无所谓，我其实不怎么在意。

事实上，他离开的时机对我来说非常完美。他走出我的公寓、我的生活后，我就能把精力全部投入“真我女孩”的发布和另一件同等重要的事情上——履行我在遇到他之前很早便对自己许下的一个诺言。在他说出“你不是我想要的那个女人”的那天晚上，我们刚刚为这件事争吵过。我在prisoninfo.org/paroleboard/calendar上看到的消息告诉我，是时候了。这次行动我已经筹划了一年，我精心挑选出了一个假释犯所需的一切。我准备好了这几年攒下的五千美元现金，还购买了大陆航空公司价值三千美元的礼券，并把一盒“真我女孩”试用装放进了一只全新的路易·威登手提袋。有了这些东西，她想去哪里都可以。不管怎样，这些东西能安抚她，帮她忘记一切，减轻厄运、绝望和无聊带来的痛苦。哦，也许不会无聊，监狱并不是修道院。他不明白我为什么执意要去这一趟，就在我们为这个承诺吵架的那个晚上，他走了。我猜，是因为我打算接济的是别人而不是他，威胁到了他的自尊。自私的混蛋。交房租的可是我，不是他，请用人的钱也是我出的。我们去夜店、去听音乐会时，开的是我那辆漂亮的捷豹，或是我租来的车。我给他买了漂亮的衬衫，虽然他一次也没穿过；所有的生活用品也都是我买的。而且，承诺就是承诺，尤其是对自己立下的誓言，一定得实现。

就在穿上衣服准备去开车时，我发现了第一件怪事。我的阴毛一根也不剩，全没了。不是被剃掉或是拔掉的，而像是消失了，好像从一开始就不存在。我吓得不轻，于是扒拉着头发，想看看有没有脱发的迹象，但头发一如既往地浓密、光滑。是因为过敏吗？也许是皮肤病？这件怪事让我忧心忡忡，但眼下我除了担心什么也做不了，只能决定哪天去皮肤科看一下。我得走了，不然就要迟到了。

我想，其他人也许会喜欢这条高速公路的沿途风光，但目光所及之处满是车道、出口、平行道、立交桥、警示信号和标牌，就像一边开车一边有人逼着你读报纸一样。烦不胜烦。金色、银色警报和安珀警报[①]一条接一条冒出来。我在右边的车道减速行驶，因为以前来这里的经验告诉我，诺里斯敦的出口是很容易错过的，而沿着出口匝道开出一英里，你就再也看不到关于监狱位置的任何指示了，仿佛它并不存在。我猜，那是因为这里的人不想让游客知道，加利福尼亚这些已重新开垦的荒漠还以藏着一群邪恶的女人而闻名。位于诺里斯敦郊外的狄卡根女犯管教中心为一家私营企业所有，它为当地居民提供了许多工作机会：接待访客，担任保安、文员、餐饮服务人员、医护人员以及最重要的建筑施工人员，因此在当地备受膜拜。越来越多凶狠残暴、恶贯满盈的女人们涌进来，正需要这些建筑工人修好路和围墙，扩充一座座新楼，给那些以女人的方式犯下血腥罪恶的毒妇以栖

①播报失踪人口信息的警报系统，通过高速公路告示牌、广播、电视台、手机短信等发布信息。金色、银色警报主要播报失踪老人信息，安珀警报则播报儿童诱拐案件相关资料。

身之地。对政府真是件好事。毕竟，犯罪是要付出代价①的。

此前，我开车到过狄卡根几次，但从未找任何借口进去过。那时候，我只是想看看他们口中那个女魔头是在怎样的牢笼里度过她二十五年至无期徒刑的前十五年的。但这次不一样。她被准许假释，根据假释评估条例，索菲亚·哈克斯利将昂首阔步地走出我亲手把她送进的牢狱。

你可能以为狄卡根所属的公司财大气粗，一辆捷豹不会多么打眼。但在路边的公交车、旧丰田和二手卡车后面，我这辆闪闪发光、嵌着定制车牌的鼠灰色汽车看起来就像一把枪。不过它至少不像我以前看到的停在那边的白色豪华轿车一样邪气。那辆车的引擎低吼着，专属司机倚在闪亮的挡泥板边。告诉我，什么样的人才会需要司机敏捷地打开车门，好快速逃离现场？一个迫不及待要回到她位于高楼之上的优雅妓院，倒在定制床单上的高级应召女郎？或是一个急着回到某个奢华而堕落的私人俱乐部的露台，在朋友的包围下撕破监狱配发的内衣裤来庆祝重获自由的十来岁的雏妓？这样的女人不会用希尔维娅的化妆品。我们的产品够性感，但是不够昂贵。像所有靠身体吃饭的贱货一样，这个小婊子会觉得价格越高，品质越好。她只知道这个。不过，她也可能会

①此处为双关语，原文为“pay”，也有“带来收入”之意。

买“真我女孩”的闪亮眼影和金色亮片唇彩。

今天，并没有豪华轿车过来，除非你把那辆林肯城市算进去。停在这里的大多是旧丰田和老掉牙的雪佛兰，里头坐着沉默的大人和紧张不安的孩子们。一个老人坐在公交车站，手伸进一盒麦圈，想找到最后一个甜燕麦麸圈。他穿着有年头的牛津系带皮鞋，牛仔裤却是崭新的。他的棒球帽和罩在白衬衣外的棕色背心一看就是二手商店里的货色，但他的举止却带着上等风度，甚至算得上优雅。他交叠双腿，检视着那只干麦圈，好像那是国王的庄园管家特地为他精挑细选出的一颗葡萄。

四点了，快了。索菲亚·哈克斯利，在这里被称作0071140号，是不会在探视时间走出监狱的。到四点半时，只有那辆林肯城市开走了，车主很可能是个律师，拎着装满了文件、现金和香烟的鳄鱼皮箱。烟是给客户的，钱是给证人的，文件是他用来假装自己在工作的。

“你没事吧，卢拉·安？”检察官的声音轻柔，带着鼓励的意味，可我几乎听不到她在说什么。“什么都别怕。她伤害不了你的。”

是，她伤害不了我，而且，见鬼，她出来了。0071140号囚犯。尽管过了十五年，我也绝不会认错。我单凭身高就能认出她。她至少有一米八三。无论经历了什么，这个巨人的身形始终都没有消减，在我的记忆里，她比法警、法官和律师们都要高，几乎能和警察齐肩。只有她同为怪物的丈夫，才能与她的身高匹配。愤怒得浑身颤抖的家长们骂得没错，她就是个肮脏的变态，没有人怀疑这点。“看看她的眼睛，”在法庭上、女卫生间里、排列在大厅里的长椅上，到处都能听到她们在窃窃私语，“那么冷酷，像蛇眼一样。”“才二十岁？一个二十岁的女人怎么会对孩子们做这种事？”“你在开玩笑吗？看看那双眼睛，像老太婆一样浑浊啊。”“我家小男孩一辈子也忘不掉这种事。”“魔鬼。”“婊子。”

如今，这双眼睛比起蛇来更像是兔子的，但身高依旧。除此之外，其他的很多东西都变了。她瘦得就像条绳子。内裤是 1 号的，胸罩顶多是 A 杯。她完全可以用点格莱魅面膜，再用弗莫莱皱纹软化霜和乔尔斯棕色粉底给她失去血色的皮肤上点颜色。

我走下捷豹，不好奇也不在意她会不会认出我，只是走到她面前说：“需要搭车吗？”

她飞快地扫了我一眼，眼神漠然，随后便把视线投向了地面。“不，不用。”

她的嘴唇在颤抖。那里曾经是坚硬的，是一对笔直的刀片，锋利得足以将一个孩子划得七零八落。打一剂保妥适瘦脸针，抹点不带亮彩的亚光唇膏，她的嘴唇就会更柔和，也许会给陪审团留下点好印象，只可惜，那个时候还没有“真我女孩”。

“有人来接你吗？”我微笑着问。

“出租车。”她说。

真奇怪，她对一个陌生人有问必答，仿佛已经习惯如此。她没说“关你什么事”，甚至没问“你他妈又是谁”，却进一步解释起来：“叫了辆出租车。前台叫的。”

当我靠近她，向她的胳膊伸出手时，那辆出租车到了，她像出了膛的子弹一样，抓住门把手，把小手提袋丢进去，甩上了门。我敲着车窗大喊“等等！等等！”，来不及了。司机像纳斯卡车赛上的职业选手般把车甩过了那个U形弯道。

我冲向我的车。要跟上他们很容易，我甚至开到了他们前面，好假装我不是在跟踪她。结果证明这是个错误的选择。就在我准备开上高速公路出口匝道时，我看到那辆出租车超过了我，飞快驶向诺里斯敦。我急刹车、倒回、跟上他们，轮胎蹭过路上的砾石发出刺耳的声音。去往诺里斯敦的道路两旁排列着整洁划一的房子，它们都建于二十世纪五十年代，之后反反复复地增建，添加了封闭的侧廊、扩充成两个车位的车库或是屋后的露台。这条路看起来就像幼儿园孩子的画，房子有着松绿或薯红色的门和浅蓝、白或黄色的外墙，干干净净、煞有介事地坐落在宽阔的草坪上，只差天上一轮烤饼般的太阳向四周放射出一束束光芒。在这些房子尽头，一座淡啤酒般苍白而悲凉的商场边，有块牌子昭告行人这里就是诺里斯敦。在它旁边有一块更大的牌子，上面写着“伊娃·迪恩汽车旅馆与餐厅”。出租车转了个弯，在旅馆入口处停下了。她钻出车，付了钱。我跟着她，停在离餐厅很远的地方。除了我的捷豹，这里只停着一辆车，一辆黑色的SUV。我敢肯定，她是来见什么人的，但在前台停留了几分钟后，她径直走进餐厅，在窗边找了个位置坐下。从我这里能清楚地看到她的一举一动，她就像个在补习或是在学英语的外国学生那样研究着菜单——手指从一个个菜名上划过，嘴里念叨着。变化多大啊。这就是那个曾经让学童们把苹果切成字母O、分发饼干圈充当B、把西瓜块切成Y形，教他们拼“BOY[①]”一词的老师——在女卫生间洗手池前窃窃私语的女人们说，男孩子是她最喜欢的。法庭上的不少证词都揭示，她是以水果为诱饵实施犯罪的。

看看她的吃相。女侍者不停地把菜一盘又一盘地摆在她

①意为“男孩”。

面前。在某种意义上，可以理解。毕竟是出狱后的第一顿饭。她狼吞虎咽的样子像个难民，像是没吃没喝在海上漂了几个礼拜后，开始担心垂死的同伴会在她瘦成皮包骨前分食她的血肉。她的目光一刻也不曾离开餐盘，她急切地戳刺、切开、舀起形形色色的食物。她没有喝水，没有往面包上抹黄油，仿佛不能让任何事耽误她风卷残云般的一餐。仅仅十来分钟，她就结束了战斗。然后，她结了账，起身离开，匆忙穿过走廊。接下来呢？她手上拿着钥匙，肩上背着提包，突然停下脚步，转进两面灰泥墙间的缺口。我钻出车，小跑着跟上她，然后就听到了一阵让人恶心的呕吐声。我藏在那辆 SUV 后面，等她走出来。

她打开过的那扇门上写着 3-A。我做好了准备。我让我的敲门声显得充满权威，强硬但不具有威胁性。

“来了。”她的声音在颤抖，那是种畏缩的、被训练成第一反应就是服从的声音。

“哈克斯利太太，请开门。”

她沉默了一会儿。“我，呃，我有点不舒服。”

“我知道。”我说，让自己的声音带上了一点评判的意味，希望她以为我是因为她弄脏了人行道才找上门的。“开门。”

她打开门，光脚站在那里，手上握着一条毛巾。她擦了擦嘴。“什么事？”

“我想跟你谈谈。”

“谈谈？”她的眼皮跳得飞快，但仍然没有问出她该问的那句话：“你是谁？”

我从她身边挤进屋里，把那只路易·威登提包拎在身前。“你是索菲亚·哈克斯利，对吧？”

她点点头，眼中闪过一丝恐惧。我的皮肤黑得像午夜，穿着一身白衣，她也许以为那是制服，把我当成了某种有权力支配她的人。我想安抚她，于是举起那只提包说：“来吧，我们坐下，我有东西要给你。”她没有看我的包，也没有看我的脸，而是盯着我的鞋，它们有足以致人于死地的高跟和危险的鞋尖。

“你想让我干什么？”她问。

她的语调轻轻的，好像愿意随时效劳。在十五年的铁窗生涯后，她明白，天上是不会掉馅饼的。不会有人无偿给你任何东西，不管是什么——香烟、杂志、卫生棉条、邮票、巧克力还是一罐花生酱，它们后面总是牵着一根渔线般坚韧的钢丝。

“不用干什么。我什么也不需要你做。”

现在，她把目光从我的鞋转到了我的脸上，晦暗的眼中没有询问的神色。于是，我回答了一个正常人在这种情况下早该问出的问题。“我看到你从狄卡根出来，没人接你，所以我问你要不要搭车。”

“那人是你？”她皱起眉头。

“对，是我。”

“我认识你吗？”

“我叫布莱德。”

她眯起眼睛看我。“我不记得认识这么一个人。”

“没关系，”我说，向她微笑了一下，“看看我给你带了什么。”我已经等不及要把提包放在床上了。我把手伸进包里，“真我女孩”礼盒上面放着两只信封，薄的装着航空公司的礼券，厚的里面有五千美元现金。如果按她的整个刑期算，这就相当于每年给她二百美元。

索菲亚盯着这些东西，好像它们会携带什么病毒。“你给我这些干什么？”

我简直要怀疑狱中生活弄坏了她的脑子。“别紧张，”我说，“就是些能帮到你的东西。”

“帮我什么？”

“帮你好好开始，过你的生活。”

“我的生活？”不太对劲。她仿佛需要别人解释才能明白这个词的意思。

“对，”我依然微笑着，“你的新生活。”

“为什么？谁让你来的？”她看起来有了点兴趣，不再显得恐惧。

“我想你不记得我了吧，”我耸耸肩，“你凭什么记得我呢。卢拉·安。卢拉·安·布莱德威尔。在法庭上，我是其中的一个孩子——”

我用舌头在满口鲜血中搜寻。我的牙都在，但我好像站不起来了。我感到我的左眼皮垂了下来，右臂动弹不得。门开了，我带来的所有礼物一个接一个地向我飞来，包括那只路易·威登提包。门砰地关上，然后又开了。我的黑色细高跟鞋砸在我后背上，然后滚落在左臂旁边。我伸出手去够它，欣慰地意识到，和右臂不同，我的左臂还是能动的。我想喊“救命”，可我的嘴好像已经不属于我了。我往前爬了一两米，然后试着站起来。我的腿还算听话，于是我捡起散落的东西，把它们塞回提包里，一只鞋穿在脚上，另一只留在原地，一瘸一拐地走回车旁。我浑身麻木，头脑空白，直到我在倒车镜里看到了自己的脸。我的嘴里好像塞满了生猪肝，半张脸都擦破了皮，右眼肿得像个蘑菇。此刻我只想离开这里——不打 911，他们要好久才能过来，我可不想被某个不明真相的旅馆老板盯着看。去找警察。镇上总会有几个。我用左手点火、换挡、转向，右手一动不动地垂在腿边，这么开车需要全神贯注，一点都不能分心。所以，直到把车开进了诺里斯敦镇里，看到路标上有个箭头指向警察局时，我才意识到，警察会做笔录、盘问施暴者，还会拍下我凄惨的脸作为证据。那么，如果本地报纸得知了这个消息，还搞到了我的照片呢？“真我女孩”会沦为笑柄——“挨揍女孩”。跟这种后果比起来，难堪都算是小事一桩了。

疼痛一下下捶打着我，我艰难地想掏出手机给布鲁克琳打电话。她是我唯一信任的人，唯一能让我全心全意信任的人。

布鲁克琳

她没说实话。在我们坐进这家破破烂烂的诊所之前，我开了两个钟头的车才找到这个乡下地方，又好不容易才在一家大门紧闭的警察局后面发现了她的车。警察局当然关着门，因为正是星期天，只有教堂和沃尔玛还开着。我找到她时，她身上有血，在用一只眼睛哭泣，另一只眼睛肿得什么也流不出来，整个人陷入了一种歇斯底里的状态。可怜的姑娘。这双古怪的眼睛曾经令每一个看到她的人害怕——大大的、向上挑起的眼睛，眼帘稍稍下垂，在黑色皮肤的对比下，它们的颜色也那么怪异。外星人的眼睛，我是这么叫它们的，但男人们觉得它们美得不可方物。就是这样一双眼睛，被某个人毁掉了一只。

在商场停车场的对面发现这间小急诊室后，我得架着她走到那里。她一瘸一拐地走着，脚上只有一只鞋。一个护士终于注意到了我们，瞪大了眼睛。让她感到惊愕的是我们这种组合：一个满头金色发辫的白人女孩和一个有着顺滑卷发、肤色极深的黑人女孩。填表和出示社保卡慢得简直让人难以忍受。之后，我们坐了下来，等着不知道住在远处哪个同样破破烂烂的镇上的当值大夫赶过来。在我开车把她带来诊所的路上，布莱德一言不发，但在等候室里，她开始撒谎了。

“我毁容了。”她小声嘟囔着。

我说：“不，不会的，只是需要点儿时间。还记得格蕾丝刚做完整容手术后，那张脸什么样吗？”

“她的脸是被医生弄的，”她回答说，“我的是被一个疯子搞的。”

我试探着说：“那就告诉我，发生了什么，布莱德？那个人是谁？”

“哪个人？”她轻轻地摸了摸鼻子，只能通过嘴来呼吸。

“把你打得半死的那个男的。”

她咳了一阵，我递给她一张纸巾。“我说过那是个男的吗？我不记得我说过是个男的。”

“难道是个女人干的？”

“不是，”她说，“是个男人。”

“他当时是想强奸你？”

“应该是吧。有人过来把他吓跑了。他揍了我一顿就走了。”

懂了吧？她甚至没把谎话编圆。我追问道：“他没抢走你的提包或者钱包，什么都没拿？”

她咕哝着。“说不定以前参加过童子军。”她的嘴唇肿得老高，受伤的舌头也发不出辅音，但她努力想为她这个愚蠢的笑话笑上几声。

“那个过路人不是把他吓走了吗，为什么没留下来帮你一把呢？”

“我不知道！我不知道！我不知道！”

她大叫着，假装抽泣，于是我不再逼她。她能睁开的那只眼睛流不出泪来了，她的嘴也一定是太疼了，没法一直哭个不停。有五分钟，我一句话也没说，只是随手翻着一本《读者文摘》，然后，我尽可能一如往常、轻松自然地开口说话。我决定不问她打电话叫的为什么是我而不是她那个情人。

“你到底是来这儿干什么的？”

“来看一个朋友。”她弯腰窝在那里，像胃疼一样。

“在诺里斯敦？你的朋友住在这儿？”

“不，在附近。”

“你找到他了？是个男的吗？”

“是个女人。没有，没找到。”

“什么样的女人？”

“一个很早以前认识的人。她不在那儿，可能已经死了吧。”

她明白，我知道她在说谎。为什么有人攻击了她，却没抢走她的钱？有什么东西搞坏了她的脑子，否则，她为什么要告诉我这种鬼话？我觉得，她压根不在乎我怎么想。我把她的白色迷你裙和上衣塞进那只提包时，在包里发现了一捆用橡皮筋扎起来的钱，差不多有五千块，还有一张航空公司的礼券和一份“真我女孩”尚未上市产品的试用装。没有哪个强奸未遂的罪犯会想要面霜，可钞票怎么说？我决定先把这些疑问放在一边，等她看过医生再说。

之后，布莱德举着我的小镜子端详自己的脸时，我知道她看到的会让她心碎。她的脸有四分之一是完好的，其余部分惨不忍睹：丑陋的黑色缝线，肿胀的眼睛，额头上的绷带，还有肿得像非洲土著一样的嘴唇，这样的嘴唇发不出“破破烂烂”的“烂”字，而她如今的皮肤，乌青中夹杂着擦破皮露出的粉红，正好用这个词形容。最惨的是她的鼻子，鼻翼肿得像猩猩的一样，被几乎有半个面包圈那么大的纱布包裹着。她那只完好的眼睛曾经美丽动人，如今却畏缩起来，布满血丝，已经毫无生气了。

我知道不该这么想，但是她在希尔维娅的地位很可能落到别人手里。这些产品对她自己的脸都无能为力，她又怎么能说服其他人买下它们来改善肤质呢？不管用多少“真我女孩”的粉底，都掩盖不住她眼睛上的疤痕、鼻子上的破损和脸上露出的粉色真皮组织。就算日后大部分伤口愈合了，她还需要去做整容手术，好几个礼拜不能来上班，出门就要戴墨镜，还要把脸藏在宽大的帽檐下。到那时，也许有人会让我接管她的工作，当然，是暂时的。

“我没法吃东西，没法说话，没法思考。”

她烦躁地嘀咕着，身体颤抖。

我伸手搂住她，小声说：“嘿，姑娘，打起精神来，咱们离开这个鬼地方。他们连私人诊室都没有，那个护士牙上还沾着生菜叶呢，我怀疑她上完在线护士培训课之后就没洗过手。”

布莱德不再颤抖，她调整了一下吊着右臂的悬带，问我：“你觉得刚才那个大夫不行？”

“谁知道呢，”我说，“这种开在拖车场里的诊所？我带你去正规医院吧，诊室里至少得有厕所和洗手池。”

“不等他们让我们走吗？”她听起来就像个十岁小孩。

“得了，快走吧。马上跟我走。看看我在你包扎伤口的时候买了什么：运动裤，还有夹脚拖鞋。这边没有什么像样的医院，倒是有家不错的沃尔玛。来吧，起来。靠着我。刚才那个南丁格尔把你的东西放哪儿了？我们在路上买点棒冰或者冰沙，要不就奶昔，那些东西说不定比药还好使。或者来点儿番茄汁、鸡汤，如果你想要的话。”

我走来走去，在药片和衣服中翻找她的东西，而她就紧紧揪着身上那件丑陋的碎花病号服。“哦，布莱德，”我说，但是声音变得沙哑了，“别这样。一切都会好起来的。”

在路上，我只能慢慢地开车，因为只要一颠簸或突然变道，就会让她疼得瑟缩或者呻吟出声。我试着让她别去想身上的疼痛。

“我之前都不知道你有二十三了，我还以为你跟我一样大，才二十一。我找你社保卡的时候，在你驾照上看到的。”

她没有回答，于是我继续说，想逗她开心：“可你的眼睛看起来才二十岁。”

没用。真见鬼。我就像在自言自语一样。我决定把她送回家安顿好就离开。她工作上的事我会全盘接管。布莱德要请长期病假了，总得有人接下她手中的活儿，谁知道最后会怎么样呢？

布莱德

她真是个怪物，索菲亚·哈克斯利。上一秒还是顺从的前科犯，转眼就成了一条愤怒的鳄鱼；上一秒还松弛的唇线，转眼就露出锋利的獠牙；上一秒还无精打采，转眼就挥出一记重拳。我根本没看到任何预警——没有斜眼，没有绷紧脖颈，也没有伸展肩膀或是张嘴露出牙齿。没有任何迹象预示她接下来会攻击。这件事我永远也忘不掉。就算我努力想忘记，伤疤和屈辱感也会时刻提醒着我。

记忆是痊愈途中最大的绊脚石。我整天闲着，无所事事。布鲁克琳负责向人事解释：强奸未遂，被人阻止，诸如此类。她是个真正的朋友，不会像那些假惺惺地借着探病的名头来围观和怜悯我的人那样讨厌。电视我看不进去，太无聊了，不是血腥暴力就是纸醉金迷，还有女孩们的腰腿。那些滥竽充数的所谓新闻，不是八卦就是充满谎言的布道。探案剧里的女探员穿着鲁布托牌高跟鞋追踪杀手，怎能让我不出戏？读书的话，印刷品让我眩晕。不知因为什么，我再也不喜欢听音乐了。不管是美妙还是平庸的人声都会让我感到压抑，纯音乐更是如此。而且，我的舌头肯定也受了伤，因为味蕾消失了。柠檬以外的任何东西尝起来都像柠檬，柠檬的味道却像盐。喝酒则是浪费，因为维柯丁给了我更浓厚、舒服的迷醉感。

那个贱货甚至都没听我把话说完。我并不是唯一的证人，把索菲亚·哈克斯利变成0071140号并非凭我一己之力。还有很多其他的证词指认她猥亵儿童，至少还有四名儿童出庭作了证。我没有听到他们说了什么，但他们从法庭出来时，都浑身颤抖，哭个不停。负责疏导我们的社工和心理专家用手臂搂住他们，悄声说："没事的，你做得真棒。"他们俩谁也没有拥抱我，但他们向我微笑了。很明显，索菲亚·哈克斯利没有家人。哦，她有个丈夫在另一所监狱服刑，历经七次审判，仍未获得假释。没有人来接她，一个也没有。所以，她为什么不接受帮助呢？这总比别人可能提供给她的收银员或是清洁工的活计强。有钱的假释犯可不至于沦落到去温蒂餐馆打扫厕所。

抬起手臂指向她时，我才八岁，还是那个小卢拉·安。

“当时你看到的那个女人，现在就在这里吗？”女律师身上传来烟草味。

我点头。

“你得说话，卢拉。说‘在’还是‘不在’。”

“在。”

“你能告诉我们她在哪里吗？”

我怕打翻那位女律师给我的盛着水的纸杯。

“别紧张，”那位女检察官说，“慢慢来。”

我确实表现得很从容。我握起拳，慢慢抬起手臂，然后，伸出了食指。砰！像一把玩具枪。哈克斯利太太瞪着我，张开了嘴，像是要说些什么。她的表情极度震惊，满是疑惑。可我依然一动不动地指着她，女检察官不得不碰碰我的手，说“谢谢你，卢拉”，好让我把手放下。我望向甜心，她在微笑，我第一次见到她这样微笑——嘴角和眼睛都含着笑意。还有更好的事。在法庭外，所有的母亲都在向我微笑，其中两个甚至真的碰了我、抱了我。父亲们冲我竖起大拇指。最棒的是甜心。我们走下法院台阶时，她牵着我的手，我的手。她从来没有这样做过。我又惊又喜，因为我一直明白，她不喜欢碰我。我能看出来。我很小的时候，她每次不得不给我洗澡时，脸上都写满嫌恶。她实际上只是漫不经心地用打满肥皂的浴巾擦一擦我的身体，然后冲掉而已。我曾经暗暗希望她能扇我耳光或是打我屁股，这样我至少能感受到她的碰触。我故意犯些小错，但她总有不碰触她憎恨的皮肤也能惩罚我的法子——让我饿着肚子睡觉，或是把我锁在自己的房间里，但最糟糕的莫过于冲我尖叫。当恐惧主导一切时，唯一的生存之道就是顺从。这正是我擅长的。我努力表现得很乖，很乖，很乖。我走上证人席时害怕极了，但我还是做到了老师和心理辅导员们期望我做的事。我做得很棒，我知道，因为在审判结束后，甜心对待我的方式就像个妈妈一样。

我不知道我怎么了。也许是因为比起对哈克斯利太太生气，我更气我自己。于是我变回了当初那个从不还手的卢拉·安，只是躺在那里，任凭她把我打得半死。如果不是她累得满脸通红，我可能会死在那家汽车旅馆的地板上。她扇我的脸，揍在我的肋骨上，把拳头砸上我的下巴，用头狠狠地撞我的头，我始终一声不吭，甚至没有抬起手来挡一下。她喘着粗气，一路拖着我扔出了门，我现在还能感觉到她有力的手指紧抓着我后颈上的头发、她的脚踩着我的屁股，还能听到我的骨头撞上混凝土地面的咔嚓声。手肘，下颌。我感觉到我的手臂在乱挥乱抓，想找回平衡。之后是我的舌头在满嘴鲜血中寻找着我的牙齿，看看它们是否还在原位。门被甩上了，然后又开了，她扔出我的鞋，我像只被抽打得遍体鳞伤的狗一样爬开了，恐惧得甚至不敢发出一声呜咽。

也许他说得对，我不是他想要的那个女人。他离开时，我把这句话抛在一边，假装他的论断毫无意义。

从罐子里喷出的泡沫会让他忍不住笑出来，所以他剃须前会用一把刷子蘸了肥皂抹脸。那是把漂亮的刷子，猪鬃毛植在象牙做的柄上。它应该正跟他的牙刷、磨刀皮带和折叠剃须刀一起待在垃圾桶里。他留下的东西都太过鲜活，是时候把它们一股脑扔掉了。他什么都没带走：洗漱用具、衣服和一只布袋，布袋里装着两本书，一本是用某种外语写的，另一本是诗集。我把它们全扔了，现在，又从垃圾堆里翻拣出了他的剃须刷和骨柄剃刀。我把这两样东西放进药品柜，关上柜门后，我在上面的镜子里盯着我自己的脸。

“你应该永远穿白色，布莱德。只穿白色，全身白色，一直穿白色。”这是杰瑞坚持的建议，他管自己叫“整体形象”设计师。去参加希尔维娅的第二次面试前，我找他为我的打扮出主意。

“不只是因为你的名字，”他告诉我，“更是因为白色和你的黑甘草色皮肤对比之下产生的效果，”他说，“这种黑色不同以往，你懂我的意思吗？等等，我再看看。比起黑甘草来，你的肤色更像‘好时’巧克力酱，别人看到你，就会想到掼奶油巧克力蛋奶酥。”

这种说法让我哈哈大笑。“或者是奥利奥？”

“绝对不会。一定是些上档次的东西。手工糖果之类的。”

起初，只买白色衣服让我觉得很无聊，然而我渐渐发现白色也有那么多深浅不同的色调：象牙白、牡蛎白、雪花石膏白、纸白、雪白、奶油白、米白、香槟白、幽灵白、骨白。开始给饰品挑颜色时，购物变得更有乐趣了。

杰瑞再次建议我：“听着，布莱德宝贝儿，如果你非要用点颜色，只在鞋和包上用就够了。而且，是我的话，如果嫌白色单调，这两样我都会选黑的。另外别忘了，不要化妆。连唇膏和眼线都别用。素面朝天。”

我问他戴什么首饰好。黄金？钻石？翡翠胸针？

“不，不。”他挥挥手。“什么首饰都别戴，一定要戴的话，就戴单颗珍珠耳钉好了。不。那个也别戴。就把真正的自己露出来，姑娘。像冰里的黑貂，雪里的黑豹。然后加上你的身材，还有那双狼獾般的眼睛，天哪！”

我接受了他的建议，效果很棒。不管走到哪儿，人们都会回头看我，但他们的眼神和我从小习惯的那种微微带着嫌恶的不一样。现在，他们看我的目光是倾慕的，既震惊又渴望。哦，还有，杰瑞不知道的是，他也给我的产品命名提供了灵感：真正的自己，真我女孩。

镜子里，我的脸看起来焕然一新。我的嘴唇恢复了原样，鼻子和眼睛也是，只剩肋骨附近还隐隐作痛。让我大吃一惊的是，我脸上被刮破的皮肤竟然痊愈得最快。我看起来美丽如初。那我为什么还在伤心呢？一股冲动驱使我打开了药品柜，拿出了他的剃须刷。我用手指抚摩着它。顺滑的刷毛，摸起来刺痒又令人安心。我把刷子贴上自己的下巴，像他那样来回刷着。我让它擦过下巴下面，然后滑到耳垂上。不知为何，我感到一阵眩晕。肥皂。我需要抹上泡沫。我撕开了一只装着“呵护他所爱肌肤”浴液的漂亮盒子，把浴液挤在肥皂托盘里，打湿他的刷子。把泡沫打在脸上时，我屏住了呼吸。我抹过脸颊，抹到鼻子下面。我知道我此刻的举动很疯狂，但我盯着自己的脸，目不转睛。我的眼睛看起来更大了，闪亮亮的。我的鼻子不仅痊愈了，还变得很完美，而我在泡沫间露出的嘴唇看上去简直诱人亲吻，我忍不住用小指指尖碰了碰它们。我不想停手，但我不该继续了。我紧握着他的剃须刀。他是怎么拿它的呢？我记不起他当时的手势了。我得多练练。我一边想着，一边用刀背在白色泡沫的旋涡中划出深巧克力色的线条，然后撩起水来洗干净脸。随之而来的满足感是如此甜蜜。

在家里工作并不如我之前想的那样糟糕。我仍然握有权力，不过布鲁克琳会给我提意见，有时甚至会推翻我的某些决定。我不介意。有她帮忙我已经很幸运了。何况，当我感到抑郁时，解脱之道就藏在装有他剃须用具的小包里。只要抹上温暖的肥皂水，我几乎等不及要体会刷子和剃须刀在脸上滑过的感觉了，两种感觉交织着，让我既兴奋又安心，让我在回想那些被取笑、被伤害的记忆时不再难过。

“别看她那么黑，其实还是挺漂亮的。”邻居和他们的女儿们一致赞同。甜心从来没有参加过家长会和排球赛。他们让我去学商科，别去参加“高校直通车”项目；去读速成的那种社区学院，别去读四年制州立大学。我哪个都没去。在受到不知多少次拒绝后，我终于找到了一个管库存的工作——要跟客户打交道的销售职位可永远轮不到我。我想去化妆品柜台，但不敢提出申请。只有蠢得像石头的白人女孩升了职或是彻底搞砸了什么事，他们才会老老实实地挑一个真正懂行的人，我才成了一名采购员。甚至在去希尔维娅面试之初，我也碰了壁。他们对我的打扮和衣服指手画脚，告诉我下次再来。我就是在那时去问杰瑞的。之后，穿过大厅走向面试官办公室时，我能看到这番改造引发的效果：人们睁大了眼睛，赞叹不已，纷纷咧嘴微笑，交头接耳。“哇！”“哦，宝贝。”我迅速当上了区域经理。“看到了吧？”杰瑞说。“黑皮肤是种卖点，是这个文明世界里最炙手可热的商品。白皮肤甚至棕色皮肤的女孩可要脱光了才能吸引到人们对黑人女孩的那种注意力。”

不管这个道理是否正确，它塑造了我，重造了我。我走路的姿势也变了。我不再大摇大摆、髋骨大开、风风火火地冲过人行道，而是迈着大步，走得缓慢而坚定。男人们如饿虎扑食般袭来，我给他们机会，无论如何，这种状态还是持续了一段时间的。之后我的性生活就变得像无糖可乐一样，毫无营养，只剩虚假的甜味，看起来更像一部模拟暴力的电子游戏：简单粗暴，让人在虚拟环境下享受人畜无害的兴奋感。我的男友们非常模式化：还没混出头的演员、说唱歌手、职业运动员，一群等待我的身体或者钱包给他们发薪水的玩家；另一些已经尝到甜头的则把我当成奖牌，是对他们英勇战功闪亮而沉默的证明。他们中没有一个慷慨热心，没有一个在乎我在想什么，只对我怎么打扮感兴趣。我以为我们该认真谈谈了，他们却要么嬉皮笑脸，要么把我当小孩逗趣，直到他们又在别处找到更多可以支撑雄性自尊的东西。我一直记得有次跟一个医学院学生约会，他说服我跟他一起去北部见他父母。他开口介绍我的那一刻，我就明白了，我站在那里的意义就是让他的家人感到惊恐，对那对和善的白人老夫妻而言，我是一种威胁方式。

“你们不觉得她很美吗？”他一遍遍重复着。“看看她啊，妈，爸？”他的眼中闪烁着恶毒。

但那对夫妇表现出的热情和魅力无论多么虚伪，都让他赤裸裸的恶意相形见绌。他的失望都写在脸上，怒火几乎压抑不住。他的父母甚至开车把我送到了火车站，也许正因如此，我才不至于把他们的儿子那个蹩脚的种族歧视玩笑算到他们头上。我感到一阵轻松，就算知道他母亲会怎么处置我用过的茶杯，我都没有放在心上。

这就是所谓的世态炎凉。

然后他出现了。布克。布克·斯塔伯恩。

我现在不想回忆他的事，不想体会如今的一切是多么空虚，多么不值一提，多么死气沉沉。我不愿想起他有多么好看，除了肩上的那块丑陋的烧伤外有多么完美。我抚摸过他每一寸金色的肌肤，吸吮过他的耳垂；我知道他腋窝下的毛发有着怎样的质感；我描画过他上唇的凹陷；我还曾经把红酒倒进他的肚脐，然后舔干净溢出的酒液。他也曾用嘴唇把我身体的每一处都变成闪电。哦，上帝啊。我不能再在脑中重现那些欢爱了。我必须忘记我们每次做爱时的新鲜感，每一次都像是第一次，但在某种意义上却可以直达永恒。我唱歌跑调，可和他做爱会让我唱起歌来，然后，然后是晴空一道霹雳："你不是我想要的那个女人。"接着他便像鬼魂一样消失了。

离开了我。

抹掉了我。

就连最不可能忘了我的索菲亚·哈克斯利也抹掉了我。她是一个罪犯。一个罪犯！她那时本可以说"不用，谢谢"甚至"滚出去"，但她没有，她发了狂。也许在监狱里，对话就是通过斗殴完成的。比起言语，囚犯们更喜欢用断裂的骨头和流淌的鲜血来交流。像垃圾一样被丢出去和像奴隶一样被抽打，哪个更惨，我不知道。

在他甩了我的前一天，我们还在我的办公室里一起吃过午餐——龙虾沙拉、斯玛特矿泉水和白兰地浸桃片。哦，别想了。我不能再这样一直想着他了。我在这些房间里游魂般飘来飘去，简直闲得发狂。这里洒满了太多的阳光，太过空旷，让我感到无比孤独。我必须穿上衣服，走出这个鬼地方，听听布鲁克琳总对我唠叨的话：别再戴墨镜和大帽子了，露出脸来，好好享受生活本来的样子。她当然明白了；她正在把希尔维娅据为己有。

我精心挑选了一番：骨白色的短裤和挂颈背心、高坡跟草编系带凉鞋和米白色帆布提包，我把那把剃须用的刷子丢了进去，以备不时之需。我还装上了《伊人》杂志和墨镜。布鲁克琳会表示赞许的，尽管我只是去两个街区外的公园。在这个时间，那里只有遛狗者和老人。晚些时候，慢跑的人和滑板少年们就会出现，但今天是星期六，妈妈们不会带着孩子来这里。他们会去和玩伴聚会，去游戏房、游乐场和提供游乐设施的餐馆，在有着美妙口音的慈爱保姆的守护下消磨周末。

我挑了一条长椅坐下，一旁的人工湖里有真鸭子在游来游去。我想起他是如何教我分辨野鸭和家鸭的，尽管我迅速地驱散了那段记忆，但我的肌肉依然记得他凉凉的手指按揉过的感觉。就在翻开《伊人》，浏览着那些年轻诱人的模特们的照片时，我听到碎石路上传来慢腾腾的脚步声。我抬起头。声音出自一对头发花白的夫妻，他们从我身边静静地走过，手牵着手。他们有着同样大的肚腩，丈夫的稍稍下垂。他们穿着同样的洗得发白的肥裤子和松弛的T恤，前后印着某些与和平有关的标志，也都已经褪了色。遛狗的少年们窃笑着，不知为何猛扯着狗绳，也许是因为羡慕那随着生命延伸的漫长亲密。那对老夫妻小心翼翼地走着，就像走在一场梦里。他们脚步一致，目光直视前方，就好像被一艘宇宙飞船召唤着，飞船上的门会滑开，抛出一条长舌般的红毯，他们便会登上飞船，手牵着手，走进一位慈悲神灵的怀抱。那时他们会听到音乐声——美妙得让你潸然泪下。

那对牵着手的老夫妻和他们无声的音乐真的让我哭了。我的眼泪止不住地掉下来。记忆又把我拉回到那个拥挤的体育馆，狂野而销魂的音乐压过了人群的尖叫。人们或挤在通道里跳舞，或站在各自的座位上和着鼓点拍手。我跟着音乐在空中挥动手臂，臀部和头不由自主地摇晃。在看到他的脸以前，我就感到他的手臂环上了我的腰，我的后背被纳入他的胸膛，他的下巴枕在我的发间。然后，他的手爬上我的肚子，我的手滑下去握住他的手，我们一起前后摇晃，舞动着。音乐停止，我转过身去看他，他在微笑，我的眼睛湿了，浑身颤抖。

离开公园前，我用指尖抚摩着剃须刷的毛，它们是那么柔软而温暖。

甜心

哦，是的，有时我确实会后悔自己在卢拉·安小的时候没对她好一点。但你要明白，我得保护她。她对这个世界的险恶一无所知。就算你是对的，也完全没必要气势汹汹、得理不饶人，因为在这个世界上，你可能会因为在学校里顶嘴或是打架就被送进少管所；招工时人们最后一个考虑你，裁员时你却是第一个倒霉的。她不会知道这些，也不会知道她的黑皮肤对白人来说有多可怕，他们又会怎么嘲笑和捉弄她。我曾经见过一个远不如卢拉·安黑的女孩，不超过十岁，她碰到了一伙白人男孩，其中一个伸腿去绊她，她扑倒在地，想爬起来，另一个却一脚踩上她后背，让她再次摔了个狗啃泥。那些男孩捂着肚子，笑得弯下了腰。她离开很久以后，他们还是笑得停不下来，那么以此为傲。如果当时不是从公共汽车的车窗里看到这一切的，我会去帮她，把她从那堆白人垃圾里拽出来。知道了吧，要是我没有把卢拉·安训练得服服帖帖，她就不会知道在见到白人男孩时要走到街对面去。然而，我给她上的那些课没有白费，最终她让我骄傲极了。在控告那帮下流教师——总共三个人，一男两女——的时候，她打出了一记好球。她年纪还那么小，却在证人席上表现得如大人般成熟，那么冷静，那么坚定。把她蓬乱的头发梳理整齐一向是件麻烦事，但为了那次出庭，我把它紧紧地编成辫子，还给她买了件蓝白相间的水手服连衣裙。我非常紧张，生怕她会在走上证人席时绊倒，或是在陈述时结巴，或是忘了心理辅导员叮嘱过的话，让我在众人面前无地自容。但她没有，谢天谢地，可以说她把绞索套到了那伙罪恶的教师中至少一个人的脖子上。他们犯下的罪教人作呕，你不知道他们对那些年幼的孩子做了多么恶心的事。当时的报纸和电视节目都报道了。一连几个礼拜，都有成群的人在法院外抗议，不管自己有没有孩子在那所学校读书。他们高声喊叫，还有人举着写有“杀了那群变态”“严惩恶魔”的自制标语牌。

那件案子的大部分开庭日我都在场，也就是卢拉·安被安排出庭的那几次，因为很多证人推迟出庭，还有些人从未露面，他们不是生病了就是改了主意。卢拉·安的恐惧都写在脸上，但她一直表现得很安静，不像其他前来作证的孩子那样坐立不安、哼唧个没完，有些甚至哭了出来。庭审结束后，卢拉·安在法庭和证人席上的表现让我非常骄傲，走在街上的时候，我们手拉着手。一个这么小的黑人女孩却打倒了几个邪恶的白人，这种场景可不常见。我想告诉她我有多开心，于是带她去穿了耳洞，还给她买了一对小小的金耳环。连房东看到我们时都笑了。出于隐私保护政策，报纸上不会刊登孩子们的照片，但消息不胫而走。在听闻卢拉·安的英勇事迹后，那个以往一见到我们娘儿俩就会拉下脸来的杂货店老板给了她一块巧克力糖。

我不是个坏母亲，你得明白这一点，但也许我确实伤害了我唯一的孩子，因为我必须保护她。必须。因为肤色会决定你的社会地位。一开始，我被那片漆黑迷了眼，看不清她究竟是谁，做不到单纯地爱她。但我现在是爱她的，真的。我想她现在懂了，应该懂了。

我上次和再上次见到她时，她美得惊人，大胆而自信。每次她来看我，我总会忘了她的皮肤有多黑，她如今会用漂亮的白色衣服把这一点变成她的优势。

我总算明白了我早该明白的一件事：你对待孩子的方式，

会深深地影响他们，他们可能永远也无法摆脱。她在加州找到了一份一流的工作，可她再也不打电话或是来看我了。她时不时会寄钱和东西给我，但我已经不记得有多久没见过她了。

布莱德

餐馆是布鲁克琳选的，名叫“海盗”，是家还算时髦的馆子，曾经门庭若市，如今苟延残喘，来这儿的只有游客和把土气写在脸上的食客。晚上气温太低，不适合穿这件白色无袖连衣裙，但我想用我的痊愈速度给布鲁克琳一个惊喜，让她看见我的伤疤几乎已经消失了。她正在努力把我拉出她所谓的“典型的强暴后阴影期”，为了让我打起精神来，她提供的疗法就是这个过于精心装潢的酒吧，这里有用红色吊裤带突显赤裸胸膛的男侍者。布鲁克琳很够朋友。别有压力，她说，不过就是在一家没几个人的餐馆安安静静地吃顿饭，还可以欣赏诱人但不具侵略性的鲜活肉体。我知道她为什么喜欢这个地方，因为她热衷于在男人堆里表现自己。很久以前，我们还不认识的时候，她就把一头金发编成了满头小辫，虽然她原本就那么漂亮，但那些脏辫给她平添了某种她以往并不具备的诱惑力，至少她那些黑人男友是这么认为的。

吃开胃小菜时，我们分享着办公室里的趣闻，但当鬼头刀鱼上桌时，我们咯咯的笑声停止了。普通的浇汁，鱼浸在椰奶中，上面盖着姜、芝麻、蒜和切碎的小葱。厨师竭力想把一块平平无奇的鱼包装成令人惊艳的美食，我却不吃这一套，刮掉了鱼排上所有的东西。然后我脱口而出："我想度假，去个什么地方，坐游轮。"

布鲁克琳咧嘴笑了。"哦，去哪儿？你总算告诉我一点好事了。"

"但不要有小孩。"我说。

"那很简单，去斐济怎么样？"

"也不要挤在开派对的人群里。我想跟挺着肚腩、生活稳定的人们在一起。说不定可以在船上玩玩沙狐球，或者宾果。"

"布莱德，你吓到我了。"她用餐巾揩了下嘴角，睁大了眼睛。

我放下叉子。"不，其实也不用，只要安静就好，最多能听到海浪拍上沙滩和冰块在玻璃杯里融化的声音。"

布鲁克琳的手肘支上桌子，把手放在我的手上。"哦，姑娘，你还没缓过劲儿来呢。在你完全走出这道阴影之前，我是不会让你做任何计划的，不到那个时候，你不会知道自己想要什么。相信我，好吗？”

我真不想再听到这些了。接下来，她会坚持让我去见强暴后遗症治疗师，或者参加受害者恳谈会。我受够了这些建议，我需要的是一个向我最好的朋友坦白的机会。我咬下一根芦笋的尖，然后慢慢将刀叉交叠在一起。

“我得说，我骗了你。”我重重地推开盘子，打翻了杯中剩下的苹果马丁尼。我用餐巾仔细地擦干酒渍，努力让自己镇定下来，尽力让我接下来要说的话听起来好接受一些。“我撒了谎，姑娘。我没告诉你真相。没人想强奸我，是一个女人把我揍成那样的。看在上帝的分上，当时我可是想帮她。我想帮她，可她恨不得杀了我。”

布鲁克琳张大嘴瞪着我，然后眯起眼睛。“一个女人？什么女人？谁？”

“你不认识。”

“显然，你也不够认识她。”

“我以前认识。”

“布莱德，别遮遮掩掩的，拜托了，告诉我全部经过。”她把小辫拨到耳后，紧紧地盯着我。

我花了差不多三分钟来讲这个故事。当时我还是个小女孩，上二年级。学校主楼旁边的幼儿园里，有个老师对她的学生动手动脚。

“我不想听这么恶心的事。”布鲁克琳说，她像个看到淫秽小说的修女一样闭上了眼睛。

“是你让我从头讲起的。”我说。

“好吧，好吧。”

“她被逮捕，被告上法庭，然后被带走了。”

“我懂。那么，你跟这事有什么关系？”

“我在法庭上指证了她。”

“太好了，所以呢？”

“我说是她干的。我坐在证人席上指着她，说我看到她干了。”

“然后呢？”

“他们把她送进了监狱，判了她二十五年的刑。”

“很好，这事就结束了，不是吗？”

“不，其实没有。”我坐立不安，整理了一下衣领，努力让表情保持自然。“我总会时不时想起她来，你懂吗？”

“不太懂，给我讲讲。”

“这么说吧，她那时候才二十岁。”

“曼森那群女粉丝[1]也就这么大。”

“过几年她就四十岁了，我想她可能一个朋友都没有。”

“可怜的家伙。在监狱里可没有孩子给她玩。她一定觉得很无聊吧。”

“你有没有在听我说话？”

“对，我就是没听你说话。”布鲁克琳一掌拍上桌子，“你脑袋是不是有问题？这女人不光是个人渣，还是个暴力狂，我说，她是你什么人啊？”

“什么人也不是。”

“那怎么回事？”

“我只是觉得蹲了这么多年监狱以后，她可能会觉得难过，觉得孤独。”

“有命喘气就不错了，她还敢奢求什么啊？”

毫无意义的对话。我怎么能指望她懂我的想法呢？我向侍者示意，朝我空了的杯子颔首，“帮我加点酒。”

侍者挑起眉毛，看向布鲁克琳。“我不用了，亲爱的。我需要冷静、清醒。”

---

①指查尔斯·曼森（1934－）的狂热追随者，多为年轻富有的女性，她们加入曼森领导的类公社组织“曼森家族”，共同犯下多起谋杀罪行，受害者包括著名导演罗曼·波兰斯基怀孕的妻子莎朗·泰特。

他向她露出一抹迷人的微笑，做过增白的牙齿闪闪发光。

“听着，布鲁克琳，我不知道我为什么去找她。我只知道我总想着她，想她这些年在狄卡根是怎么过的。”

“你给她写信？去看她了？”

“没有。我只见过她两次。一次是在法庭上，第二次就是这件事发生的时候了。”我指向自己的脸。

“你这个傻丫头！”她看起来真的被我气到了，“是你把她送进牢里的！她不揍你揍谁啊。”

“她以前可不是这样的。那时候她非常温柔、风趣、公正，还很善良。”

“以前？什么以前？你说你只见过她两次，在法庭上和她揍你那次。那怎么不算上你亲眼看到她猥亵儿童那次，你说过——”

侍者探身给我加了酒。

“好吧，”我没掩饰自己的烦躁，“三次。”

布鲁克琳舔了舔嘴角。“告诉我，布莱德，她有没有对你做过什么？你可以告诉我的。”

上帝啊，她在想什么？她难道觉得我是那种不敢告诉别人我是个同性恋的人吗？我们公司本来就是由一群双性恋、异性恋、异装癖、同性恋和其他任何认真打理自己外表的人运营的，都这个时代了，躲在柜子里到底还有什么意义？

“哦，姑娘，别傻了。”我瞥了她一眼，当我弄洒了酷爱汽水或是被地毯绊倒时，甜心总会那样看我。

“好吧，好吧。”她挥挥手。“服务生，宝贝儿。我改主意了，来杯雪树伏特加，加冰块，要大杯的。”

侍者眨了眨眼睛。“知道了。”他说，把“知道”发得含混而性感，他一定靠这个在南达科他州要到了不少电话号码。

“看着我，姑娘。好好想一想。你为什么这么可怜她？我是说，总得有个真正的原因吧。”

“我不知道。”我摇了摇头。“我猜是因为我想对自己更满意点儿吧。让我觉得自己不再那么可有可无。索菲亚·哈克斯利，也就是她，是我唯一能想起来的人选，也许只有她能接受那种……不带任何条件的善意。”

“我明白了。”她看起来松了一口气，朝我微笑起来。

“明白了？真的？”

“绝对的。你被男人甩了，觉得生不如死，就想用什么办法找回之前的好运，可惜失败了，我说得没错吧？”

“没错，差不多，我觉得。”

“那我们就补救一下。”

“怎么补救？”如果说有人知道该怎么做，那这个人一定是她。她总是说，跌倒在地后，你面临两个选择，要么躺着不动，要么一跃而起。“我们怎么做？”

“不管怎样，先玩个游戏。”她兴奋了起来。

“玩什么？”

“宾果！”她大喊。

“有什么需求吗？”侍者问。

两个星期后，布鲁克琳如约组织了一场庆祝会——一次预热派对。我，开发了“真我女孩”并协力创造了希尔维娅品牌传奇的人，自然成了女主角。我记得派对地点在一座新潮的酒店里，不对，是在一座故弄玄虚的博物馆里。如云的客人和一辆豪华礼车在等着我。我的发型、衣服和妆容完美无瑕：长裙的白色蕾丝上缀满闪着钻石光芒的宝石，紧身裙勾勒出身体曲线，在脚踝处散开人鱼尾般的荷叶边。某些引人遐思的部位是透明的，而另一些地方则被遮住了——乳头，以及脐下一段距离外光裸无毛的三角区。

接下来，只要再选好耳环就大功告成了。我弄丢了珍珠耳钉，于是选了一克拉的钻石。不显眼，不俗气，也不会把别人的目光从我被杰瑞称为“黑咖啡加白奶油调色盘”的身体上吸引走。雪中的黑豹。

天啊，怎么回事？我的耳环突然穿不进去了，铂金的针不断从耳垂上滑开。我看了看耳环，好好的；仔细瞧瞧耳垂，我发现上面的小洞不见了。这不可能。我八岁的时候就穿了耳洞，甜心给我买了一对小小的假金耳环，作为我出庭指证禽兽教师的奖励。从那时起，我就再没有戴过夹式耳环。再也没有。我不顾“整体形象设计师”的忠告，通常会戴珍珠，偶尔戴钻石，就像现在一样。等一下。怎么会呢？在戴了这么多年耳环以后，我的耳垂竟然完好无损，就像从来没被针穿过似的，平滑得像婴儿的拇指。说不定这是因为我做了整容手术，也可能是抗生素产生的副作用？但那都是几个星期以前的事了。我开始发抖。我急需那把剃须刷，可它会毁了我的妆。电话在响。我拿出刷子，轻轻地用它扫过我的乳沟，感到一阵眩晕。电话响个不停。好吧，不戴珠宝，不戴耳环了。我拿起了电话。

“布莱德小姐，您的司机到了。”

如果我装睡，他可能就会滚蛋了。不管他是谁，我都没法转过去跟他闲聊，假装享受做爱后的卿卿我我，尤其是因为我已经完全不记得之前发生了什么。他轻轻吻了吻我的肩膀，抚摸我的头发。我嘟囔了几声，听起来就像梦话。我微笑着，却一直闭着眼睛。他推开被单，走进浴室。我偷偷抬起手摸了摸耳垂。是光滑的，仍然光滑无比。在派对上，人们不时地向我抛来赞美之词——多么美丽，多么漂亮，如此性感，如此可爱，每个人都这么说着，却没有一个人问我为什么没有戴耳环。可我一直无法适应，因为在演讲中、颁奖时、晚宴间、跳舞时，我一直忘不掉我那对婴儿拇指般光滑的耳垂，它们让我无法集中注意力。于是，我致感谢词时语无伦次，听别人开黄腔时笑得停不下来，和同事聊天时词不达意，喝下的酒是我能保持优雅的上限的三四倍。我像个参选毕业舞会皇后的傻妞一样到处跟人调情，这就是我连自己跟谁睡了都不知道的原因。我细品着舌头上的味道，希望上面没有残留别人的什么东西。天哪，床头没挂着手铐，我可真要感谢上帝。

他已经洗完澡了，一边穿回他的无尾礼服一边叫我的名字。我没有回答，没有看他，只是用枕头蒙住了脸。他觉得很有趣，我听到他在窃笑。他去厨房泡咖啡，我听着他弄出的响动。不，不是咖啡，我没闻到咖啡味。他在倒什么东西，是橙汁、V8 蔬果汁还是已经没有气泡的香槟？我的冰箱里只有那些东西。一阵寂静后，传来了脚步声。拜托了，请你就这么离开吧。我听到床头柜上发出一声轻响，然后我房子的前门开了又关上。我从枕头下偷偷向外瞟去，看到钟表旁摆着一方折起的纸。电话号码。“你真棒。”然后是他的名字。我如释重负地倒了下去。他不是我们公司的。

我冲进浴室，翻看垃圾桶。谢天谢地，有一个用过的安全套。药品柜旁的浴房玻璃上残留着蒸汽的痕迹，柜门上的镜子却干净而闪亮，映出了我昨晚看到的耳垂，它们就像我刚出生那天一样纯真无瑕。原来这就是精神错乱，没有什么愚蠢的举动，而是在你早已习惯的世界中察觉到一丝突如其来的改变。我需要那把剃须刷，还有肥皂。我的腋窝里一根毛都没有，但我还是在上面涂满了肥皂，另一边也是。抹开泡沫、轻轻刮擦的动作让我平静下来，我感到如此愉快，开始思考还有哪些部位需要这种小小的愉悦。我的私处也许可以。那里也已经光裸无毛了。用一把剃须刀刮那里会不会有点微妙呢？对，那太有意思了。

我平静地走回床边，滑进被单下面。没过几分钟，跳跃的疼痛在我脑中炸开了花。我爬起来找到两片维柯丁吞了下去。等药起效时，我无所事事，只能任由脑中的念头跟踪、追赶、撕咬着彼此。

我到底怎么了？

我的生活正变得一团糟。我和不认识的男人睡觉，醒来也不记得发生了什么。这是怎么回事？我年轻，成功，漂亮。我就是漂亮！听到了吗，甜心？所以我为什么要过得这么郁闷？就因为他离开我了吗？我拼命工作，得到了我想要的，而且做得十分上手。我为自己骄傲，这是真话，但是维柯丁和宿醉让我不断回想起过去那些不那么光彩的东西。我早已驱散那一切阴影，生活也步入正轨，不是连布克都这么想吗？我对他掏心掏肺，把我的一切都告诉了他：每一种恐惧，每一处伤痛，每一次成功，巨细无遗。向他讲述的时候，那些被我埋葬的过去重新苏醒，就像最初那样鲜明，比如，甜心的卧室总是那么幽暗。我打开她梳妆台旁边的窗子。梳妆台上，她那些成年女人的东西挤在一起，营造出一方虚荣的空间：镊子、棉球、圆盒“幸运女神”粉底、蓝瓶“午夜巴黎”香水、放在一只小碟里的发夹、面纸、眉笔、美宝莲睫毛膏和塔布牌唇膏。唇膏是深红色的，我试着抹了一点。难怪我最后会在化妆品行业谋得一席之地。我仔细地描述了甜心梳妆台上的每一件东西，一定是因为这样，我才会原原本本地告诉他另外那件事。当时，我听到打开的窗户外面有猫在叫，听起来那么痛苦，甚至带着恐惧。我向外看去。就在楼下，在通往地下室的台阶的围墙后，我看到的不是一只猫，而是一个人。他俯身趴在一个孩子胖乎乎的小短腿上，用他毛茸茸、白花花的大腿夹着那个孩子。男孩的小手握拳，一张一合，他的哭泣细若游丝，却尖利刺耳，充满了痛苦。男人的裤子褪到了脚边。我探出窗子，看着他们。那个男人有着和我们的房东雷先生一样的红头发，但我知道那不可能是他，因为他只是不近人情而已，并不是个下流胚。他要求我们必须在每月一号中午之前交妥房租，如果迟了五分钟才去敲他的门，他会加收一笔罚款。甜心对他怕到了骨子里，她一再叮嘱我，每月一号早起第一件事就是去交钱。现在，我终于意识到了当初还不懂的事：跟雷先生对着干意味着被扫地出门、另找住处，而要在另一片安全（也就是黑白混合）的社区里找到一处房子，会相当困难。因此，当我告诉甜心我看到了什么时，她怒不可遏。不是因为那个哭泣的小男孩，而是因为我把这件事说了出来。她不想听我讲小拳头或是长满毛的粗壮大腿，她在意的只是保住我们的房子。她说："别说出去一个字，跟谁也别说，听见了吗，卢拉？忘了这件事，管好你的嘴。"因此，我没敢告诉她那之后发生的事——尽管我没有发出一丝声响，只是探出窗口望着他们，那个男人还是被什么惊动了，抬头向上看。就是雷先生。他拉起裤链的时候，那个男孩躺在他两腿之间的地上抽泣着。

雷先生脸上的表情把我吓坏了，可我动弹不得。就在那时，我听到他怒吼：“嘿，小黑婊子！关上窗户，给我滚开！”

一开始，我是边笑边讲给布克听的，假装整件事不过是场闹剧。随后，我感到眼睛火辣辣的。还没等我的眼泪涌出，他已经用臂弯揽住我的头，下巴抵在我的头顶。

“你从来没告诉过别人？”他问我。

“从来没有，”我说，“只对你说了。”

“现在有五个人知道了。那个男孩，那个变态，你母亲，你，还有我。五个总比两个好，但这件事应该让五千个人知道。”

他捧起我的脸，让我的脸转向他，然后吻了我。“你之后还见过那个男孩吗？”

我说应该没有了，他当时躺在地上，我看不到他的脸。“我只知道他是个白人孩子，头发是棕色的。”回想起他小小的手指拼命张开又紧紧握住的样子，我就忍不住低声哭泣。

“别哭了，宝贝儿，不要为别人做的坏事内疚啊。”

“我知道，可是——”

“没有可是。纠正你能纠正的，对于你无能为力的，吸取教训就够了。”

“有时候我都不知道该纠正什么。”

“不，你知道。好好想想。我们无论有多想视而不见，都始终知道真相是什么，并且想把它理清。”

那是我们两个最有意义的一段对话。我感到如释重负。不，不止。我如同受了抚慰，有了安全感与归属感。

不像此刻，在世界上最昂贵的棉质床单上辗转反侧。头隐隐作痛，在等待另一片维柯丁起效时，我在华丽的卧室里心烦意乱，无法压下脑中那些可怖的念头。真相。理清。难道说，我在法庭上用食指对准的其实是那个房东？那个教师的罪名，和雷先生做的事很像。也许我用手指认的是他狰狞的影子，是他的龌龊和他砸向我的咒骂？那时候我才六岁，之前从未听到过“小黑婊子”这个词，但其中饱含的憎恨和厌恶是不言自明的，就像之后在学校里那些低声或者高喊出的辱骂一样，我虽然不甚理解它们的含义，却清楚它们的用途。黑鬼。蠢蛋。杂种。丑木偶。他们嗷嗷乱叫，学动物园里的猴子，用手挠着两肋。还有一天，一个女孩和三个男孩在我的书桌上堆起几根香蕉，表演猴子的那些把戏。他们把我当成一个怪物，一个格格不入的东西，仿佛一滴墨玷污了一张白纸。我没有把这些告诉老师，和甜心不让我把雷先生的事说出去的理由一样——我可能会被停学，甚至被开除。于是，我任由那些辱骂和欺凌像毒药和致命病毒一样潜入血液，没有抗生素可以帮我抵挡。如今看来，这不失为一件好事，因为它们让我拥有了强悍的免疫力，只要没人再把我当成一个“小黑鬼”，我就有了战胜一切的力量。我脱胎换骨，成为一个深色皮肤的美人，从不需要整容来让嘴唇丰盈诱人，也不需要去美容院变黑好掩盖死人般的苍白，更不需要用硅胶来填充臀部。我向童年阴影的一切始作俑者兜售我优雅的黑，现在，他们会花钱来买。我得说，让那些折磨过我的人——不管是本人还是他们的同类——在看到我时垂涎欲滴，那种快感是“报复”一词无法尽述的。那是一种荣耀。

今天是星期一还是星期二？不管怎样，我已经在上床和起床的循环中度过两天了。我不再担心我的耳垂，什么时候再去打耳洞就好了。布鲁克琳会打电话给我，告诉我公司的新动向。我又把假期延长了。她现在是“代理”区域经理了，真不错。在把我从狄卡根的那场灾难中救出、照顾了我好几天、帮我取回捷豹、雇用清洁工、挑选整容医生之后，这是她应得的。她甚至替我炒掉了女佣露丝，因为我再也不想看到她那丰满的身材、蜜瓜似的胸和西瓜似的屁股。没有布鲁克琳，我不可能恢复到现在的模样，可是，她打来的电话越来越少了。

布鲁克琳

我觉得他对她虎视眈眈已久。当时舞动的人群有多疯狂都不是理由，没人会从后面用那种方式搂住一个人，除非你们早就认识。可她对此完全不在意。他揉捏她，用身体磨蹭她，她任他上下抚摸，可那时她对他一无所知，到现在也是这样。可我知道他是什么货色。我曾经在地铁入口处见过他，当时他和一群衣衫褴褛的败类待在一起，上帝啊，他们在讨钱。还有一次，我十分确定那个懒洋洋地坐在图书馆门前台阶上的家伙就是他，他假装在读书，这样警察就不会过来让他滚蛋了。另一次，我看到他坐在咖啡馆桌边，在一个笔记本上写着什么，努力装得一本正经，好像在做什么重要的事似的。我在离布莱德的公寓很远的地方见到的那个家伙也一定是他，当时他正在街上漫无目的地闲逛。他在那里干什么？跟其他女人幽会？布莱德从来没提起过他是干什么的，我甚至不知道他究竟有没有工作。她说，她喜欢那种神秘感。骗人。她喜欢的是跟他上床。他的床上功夫让她欲罢不能，相信我，我可很清楚这点。我们三个在一起时，她看起来有点不一样了。自信，不再那么渴盼关注，也不会时不时用非常明显的方式索求他人的赞美。有他在一旁，她发着光，但那光芒是静静的。我不明白。没错，他是长得很帅。那又怎样？除了上床，他还能跟她做什么？他口袋里一个子儿都没有。

我本来可以提醒她的。他抛弃了她，就像一条臭鼬飞快地逃离它留下的那团臭气，对此我一点也不惊讶。如果我早点把我知道的事全都告诉她，她会把他赶出门去。有一天，只是为了好玩，我跟他调情，勾引了他。告诉你，那次可是在她自己的卧室里。当时我是去给她送东西的，新设计的产品包装。我有她家的钥匙，于是径自打开了门。我喊她的名字时，他回应了我："她不在家。"我走进她的卧室，他就躺在她的床上读书，全身赤裸，只有一条被单盖到腰间。那确实是个突如其来的念头。我一时兴起，丢下产品包装，踢开我的鞋，然后像色情电影里演的那样缓缓脱掉了身上的衣服。在我脱衣服的时候，他专注地盯着我，一言未发，所以我知道，他想让我留下来。我从来不穿内衣，把牛仔裤脱掉并踢到一边后，我就像婴儿一样赤裸了。他只是看着我，但也只看着我的脸，目光灼人，我忍不住眨了眨眼睛。我伸手撩起头发，然后到他身边，滑进被单下，用我的手环住他的胸，让一串轻轻的吻落在那里。他把书放在一边。

亲吻中，我轻声问他："你想不想在花园里种上另一种花？"

他说："你确定你知道让花园繁茂的是什么吗？"

"当然知道，"我说，"是温柔的侍弄。"

"还有粪肥。"他接着我答道。

我用手肘撑起身体，瞪着他。狗娘养的。他没有笑，但也没有把我推开。我跳下床，捡起衣服，用最快的速度穿好。我穿衣服的时候，他甚至都没看着我，这个混蛋。他拾起书，继续看了下去。只要我想，他肯定是我的囊中之物，这点毫无疑问。也许我不该操之过急。也许我该稍微放松一点，放慢一点，顺其自然。

好吧，不管怎么说，布莱德完全不了解她这个前男友，我可是摸清了他的底细。

布莱德

我不明白。他到底是什么人？我已经决定要把他的帆布背包像之前那个包一样扔进垃圾堆，却发现里面装满了我没见过的书，有一本德语的，两本关于诗歌的（一本的作者叫哈斯），还有很多我从来没听说过的作者出版的平装书。

天哪，我以为我已经够了解他的了。我知道他在某所大学拿过学位，他有那个学校的T恤，可我从来没去探究过他的那一部分生活，因为对我们的关系而言，这些事无关紧要。除了做爱和让他对我的一切了如指掌以外，我们在一起的目标就是找乐子。我们在俱乐部里跳舞，享受其他情侣艳羡的目光，跟朋友坐船出航，在海滩上消磨时光。这些书的存在意味着我几乎完全不了解他，他并不是我熟识的那个人，他脑中有很多念头，却从未向我提过一个字。的确，我们聊天的内容几乎都在绕着我转，但和我跟其他男人聊天时不同，并没有那么多玩笑话和辛辣的讥讽。对那些人来说，只有在打情骂俏和他们对我宣示主权时，我们才能达成一致，只要谈到其他话题，就必然会陷入分歧和争吵，最终不欢而散。我永远不可能像和布克聊天时那样向他们描述我的童年。对了，他也有过向我细细讲述什么的时候，但没有一次触及自己的隐私，而是像在对我讲课一般。有一次，我们躺在海边的长椅上，他向我讲起了加州水文历史。这个话题确实有点无聊，我却有点兴趣，不过我还是听到睡着了。

我不知道我上班的时候他在干什么，也从来没有问过。我觉得他之所以喜欢我，很重要的一点是我从来不对他的过去探头探脑，问东问西。我始终给他留有一方隐私空间。在我看来，这是我非常信任他的表现，说明吸引我的是他本人，而不是他做的事。我认识的每个女孩在介绍男友时都会带上他们的身份：律师、艺术家、酒吧老板、股票经纪人，等等。让这些女孩着迷的不是男友本人，而是他们的职业。“布莱德，这是史蒂夫，他是个律师，事务所在……”“我在和这个才华横溢的制片人约会……”“乔伊是首席财务官……”“我男友参演过……”

我得说，我不该那么信任他。我对他毫无保留，他却从来没把他的事告诉过我。我说，他就听着。然后他甩了我，走了，一句话也没说。他嘲弄了我，甩开了我，和索菲亚·哈克斯利对我做的事一模一样。我们两个谁也没提过结婚，但我真的以为找到了对的人。我从没想过，他会说出那句“你不是我想要的那个女人”。

门口桌上的篮子里堆满了日复一日积下的信。在冰箱里找到些果腹的东西后，我决定翻翻那个篮子。我把世界各地慈善团体请求资助的信，还有银行、商店和失败的小生意人许诺回馈客户的信件丢到一边。平信只有两封，一封是甜心寄来的。“嗨，宝贝。”接下来是医生就她的身体状况提的一堆建议，然后是她惯用的暗示：她需要钱了。另一封是寄给布克·斯塔伯恩的，寄件人是第十七街的萨尔瓦托雷·庞蒂。我撕开信，里面是一张账单支付提醒，六十八美元。我不知道是该把这张纸丢进垃圾桶，还是去看看他到底花六十八美元让庞蒂先生做了什么。我还没来得及决定，电话就响了。

“嘿，昨晚怎么样？棒极了吧？你总是全场的焦点。”布鲁克琳一边说话一边啜着什么东西，某种低卡路里、提神醒脑、减肥专用、口感柔滑、靠香精调味、靠色素调色的东西。“发布会结束之后你们玩得也很爽吧？”

“嗯。”我回答。

“你这话听起来可不太有说服力。难不成后来跟你一起离开的那位其实是美国队长或者超人？话说回来，他到底是谁啊？”

我回到床边，看着床头柜上的字条。“菲尔……什么的。”

“他怎么样？我跟比利去了洛科酒吧，然后我们——”

“布鲁克琳，我必须离开这里，去个什么地方。”

“什么？你说现在？”

“我们之前不是讨论过坐游轮去哪里吗？”我知道我的语气十分焦躁。

“是讨论过，没错，但得等‘真我女孩’发货后才行。试用装都到了，广告公司想了几个相当好的点子……”

她还在喋喋不休，我只好阻止她：“我晚点儿再给你打电话吧，我现在酒还没醒。”

“果然。”布鲁克琳咯咯笑着。

挂上电话的时候，我已经下定决心，要去庞蒂先生的店里看看。

索菲亚

人们不许我靠近孩子。出狱后，我的第一份工作是家庭看护。我做得很愉快，因为我照顾的那位女士人非常好，她甚至很感激我的帮助。我也喜欢远离噪音和人群的生活。狄卡根很吵，挤满了被虐待的女人和眼睛里完全不揉沙子的狱警。在被送到狄卡根之前，我曾在布鲁克黑文待过一阵，在那里的第一个礼拜，我亲眼看到狱警用皮带狠狠地抽一个犯人的后脑勺，就因为她把餐盘打翻在地。狱警命令她四肢着地，把地上的东西吃了。她试着这么做，却在中途呕吐起来，他们就把她送到了医务室。其实食物没那么糟糕，是玉米布丁和午餐肉，我猜她很可能是因为流感或者其他什么病而犯恶心。狄卡根是我待的第二所监狱，比布鲁克黑文强一点儿，至少不会在每个出入口让我们脱光衣服搜身，但在这里，犯人和狱警之间仍然冲突连连，就算他们没来找茬，比如在我们劳动的时候，喧闹、争吵、斗殴、大笑和喊叫声也从不停歇，连熄灯也只会将怒吼稍微柔化成吵嚷。至少我的感觉是这样的。家庭看护最吸引我的就是安静。可是干了一个月，我就不得不辞职了，因为我照料的病人的孙辈会在周末来看她。我的假释官帮我找了个类似的工作，只是不会再出现孩子了。新工作在一所养老院，虽然没有明说，但它实际上就是为老人们送终的地方。来到另一处组织严整的机构，身处人群之中，还要听从他们的支配，起初我并不喜欢这种感觉。任何看起来或感觉像监狱的地方都会让我很不舒服。但在这里，我的上司们尽管穿着制服，却并不会对我恶言相向，我也渐渐习惯了这种日子。

不管怎样，我设法扛过了那十五年。如果没有周末的篮球比赛，还有朱莉，我的室友和唯一的朋友，我不知道自己还能不能活下来。我们的罪名都是虐待儿童，最开始的两年，去食堂吃饭时，没有人愿意跟我们坐在一起。她们咒骂我们，朝我们吐口水，狱警总会时不时来搜查我们的房间。过了一阵，她们才把我们抛诸脑后。我们处于不计其数的杀人犯、纵火犯、毒贩、扔炸弹的激进分子和精神病人之下，排在罪犯的最底层。对她们来说，侵害幼小的孩童这种念头是最令人唾弃的。这太可笑了，因为毒贩才不在乎顾客是谁、年龄有多大，纵火犯也不会在把一家人活活烧死时放孩子一条生路，而爆炸案犯更没有目的性，并不会把伤害局限在某个范围之内。如果有人觉得自己对我们的恨有所淡化，只需看看周围泛滥着的对孩子的爱——牢房的墙上贴满了婴儿和孩童的照片——就能重拾这种愤怒，任何人的孩子都会产生这种效果。

朱莉是因为闷死了自己残疾的女儿进来的，那个小女孩的照片就贴在她床头的天花板上。莫莉。大大的脑袋，嘴唇微张，有一双世界上最可爱的蓝眼睛。在夜里，以及她能找到的任何时候，朱莉都会对着莫莉的照片喃喃自语。不是在乞求原谅，而是在给她死去的女儿讲故事。多数是童话，都是关于公主的。我从没告诉过她我也喜欢听她讲故事，那些故事是很好的催眠曲。我们去缝纫房工作，为一家药品公司做制服，每小时能拿到十二美分。过了一阵，我手指僵硬得无法顺利地操作缝纫机，就被转到了厨房，在那里，我不是把食物烧焦，就是掉得满地都是，他们又把我送回了缝纫房。但朱莉已经不见了。她想吊死自己，但失败了，被送进了医务室。平日里最凶狠的那群犯人中有几个说，可以教她正确的上吊方式。终于回到人群里时，她变了，变得沉默、悲伤，也渐渐疏远了我。我猜那是因为她先被四个犯人轮奸，之后又成了监狱里一个老资历犯人的禁脔，那是个人称“情夫”的同性恋，谁都不敢对她耍花招。不管是狱警还是犯人，没人对我本人有多大兴趣，他们顶多在兴之所至时跟我随便亲热一下。我想那是因为我打架太猛，个子太高，在这种地方几乎算是个巨人了。我觉得这挺好的，我巴不得少跟女人上床。

这些年间，我只收到了丈夫杰克寄来的两封信，不多不少。第一封一开始还是“亲爱的宝贝”，随后就渐渐被诉苦充斥。“我在这里被（涂黑的词）了。”被揍？被操？被折磨？还有什么字眼会被监狱的审查系统删掉？第二封信的第一句是：“你这个婊子当时到底他妈的在想什么？”没有违禁词。我没有回信。我的父母会在圣诞节和我过生日的时候寄包裹来，里面有营养糖果棒、卫生棉条、宗教讲义小册子和袜子，但他们从没给我写过信、打过电话，更没有来看过我。我不惊讶。他们一向很难取悦。我们家的圣经就摆在钢琴右边的架子上，母亲晚饭后会弹奏赞美诗。虽然他们谁也没说，可我感觉到了，他们很高兴能摆脱我。在他们心中由上帝和恶魔构成的泾渭分明的世界里，被判入狱的人不可能是清白的。

在监狱里，别人让我做什么，我就做什么。此外，我还读了很多书。图书馆是狄卡根一个难得的优点，外面真正的图书馆会把它们不需要或是不想要的书送到监狱和老年之家。在我长大的家庭里，孩子们只许阅读宗教小册子和圣经。我在大学里读的教育专业不要求阅读文学书籍，而我也觉得就算不读那些，我的阅读量也足够做老师的了。在进监狱以前，我从来没碰过《奥德赛》和简·奥斯汀。这些书没什么教育意义，但它们至少能让我把精力集中在逃脱、欺骗和谁会跟谁结婚的悬念上，我乐于暂时忘记现实。

出狱后的第一天，坐在出租车上时，我就像个第一次看到外面世界的小孩。围绕着房子的草坪绿得刺眼，花儿像画出来的一样，我不记得以前见过那种薰衣草色的玫瑰和炫目的向日葵。我眼前的一切并不是被重塑了，而是全新的。我摇下车窗，嗅着新鲜的空气，我的头发被风纠缠着，向脑后和两侧飘舞。就在那一刻，我知道我自由了。是风啊。风在梳理、抚摸、亲吻我的头发。

我刚出狱那天，有人敲响了我的门。是曾经在法庭上指证我的学生之一，如今已经长大成人。当时我在一家汽车旅馆破破烂烂的房间里，刚刚无法自控地大吃了一顿，迫不及待想要安安静静地一个人睡一觉。从隔壁牢房传来的为鸡毛蒜皮小事而起的争吵、叫床、大声抽泣和打鼾声已经离我远去。我想，没有几个人懂得欣赏寂静的价值，人们意识不到寂静其实是他们所能听到的最接近音乐的声音。寂静会让一些人焦虑不安，或是感到孤独入骨，然而在忍受了十五年的吵闹之后，寂静对我的诱惑已然超过了食物。因此，在狼吞虎咽掉所有东西又把它们尽数吐干净后，我打算去享受某种深邃的孤寂，就在这时，我听到了敲门声。

当时，虽然她眼中的某种东西看起来似曾相识，但我并不知道她是谁。在另一个世界里，她的黑皮肤应该显得相当与众不同，但对在狄卡根生活了这么多年的我来说，早已司空见惯。穿了十五年丑陋的平底鞋，我对她脚上时髦的鞋子更感兴趣——鳄鱼皮或是蛇皮的，尖头，鞋跟高得像马戏团里小丑的高跷。她说话的方式仿佛我们曾经是朋友，但我不明白她在说什么、想干什么，直到她把钱扔给了我。她是那帮出庭指证我的学生之一，在那一天，我被杀害了，我的生活被夺走了，他们是一群帮凶。她凭什么认为钱可以弥补十五年生不如死的岁月？我脑中一片空白，拳头抢在理智前头主宰了我的身体，我有一种在与魔鬼搏斗的感觉，就是我母亲总谈论的那种魔鬼——充满诱惑，肮脏邪恶。我把她扔出了房间，然后远远抛开那撒旦的伪装，在床上蜷成一团，等待警察到来。我等着，等着。一个人也没有来。如果他们破门而入，会看到一个在伪装了十五年坚强后终于崩溃的女人。这么多年后，我第一次号啕大哭。我哭着，哭着，一直哭到睡着。醒来以后，我告诉自己，想获得自由，就必须付出代价。你必须去抢夺它，为得到它而奋斗，还必须保证自己有能力驾驭它。

如今，回想那一天，我觉得那个黑人女孩帮了我一个忙。并不是她一开始想帮的那个愚蠢的忙，也不是她想给我的钱，而是我们两个谁也没预料到的天降之物：隐忍了十五年后终于奔流而下的泪水。再也不需要压抑情绪，再也没有满身污秽。如今的我一身干净，有能力面对新的生活。

第二部

坐出租车去比较好。要把一辆捷豹停在那个地方未免太不明智，也太过冒险了。一想到布克以前来过不知多少次，布莱德就感到心惊肉跳。为什么是这儿？她百思不得其解。在其他安全得多的社区里也有音乐商店，在那些地方，可看不到满是文身的男人和年轻姑娘穿得像食尸鬼一样挤在角落里，或是蹲在马路边上。

出租车司机在布莱德提供的地址停了车，告诉她："抱歉，女士，我不能在这儿等你。"布莱德飞快地走向"萨尔瓦托雷·庞蒂典当与修理宫殿"的大门。走到店里，她顿时明白，"宫殿"一词与其说是用词不当，不如说是荒谬至极。在满是灰尘的玻璃柜台下，陈列着一排排珠宝和手表。一个有着他那个年纪最好看的外表的老人走下柜台，迎向她。他那双珠宝商的眸子只一扫，就把面前的顾客透露给他的信息尽收眼底。

“是庞蒂先生吗？”

“叫我萨利就好，宝贝儿。我能为你做什么？”

布莱德向他扬了扬那张过期账单，解释说她是来替人还钱的，她还会取走那个人拿来修理的东西。萨利仔细看了看那张单据。“哦，对，”他说，“拇指扣，号嘴，都在后面。跟我来吧。”

他们一起走进了后面的一个房间，墙上悬挂着吉他和各种号角，一张铺了桌布的桌子上散布着各种金属零件。在桌后工作的男人抬起头来，从眼镜式放大镜后观察着布莱德，然后看了看那张单据。他走到一个橱柜前，取出一支用紫色布包裹的小号。

“他没说要小指扣，”修理工说，“但我还是给了他一枚。他可真挑，挑得很。”

布莱德接过小号，心想，自己竟然不知道布克有这种东西，还会吹。如果她对他更上心一点，就应该明白他上唇的深色小坑是怎么回事了。她把欠萨利的钱给了他。

“但他人还不错，对一个乡下小伙儿来说，也算机灵了。”修理工说。

“乡下小伙儿？”布莱德皱起眉头。“他可不是从乡下来的。他就住在城里。”

“是吗？可他说他是从北边的哪个乡下镇子来的。”萨利说。

“叫威士忌。”修理工说。

“你们在说什么？”布莱德问道。

“有意思吧？谁会忘了一个叫威士忌的地方呢？没有人会忘，除了叫‘没有人’的人。”

两个人从鼻子里发出一阵嗤笑，开始列举其他令人过耳不忘的地名：宾夕法尼亚的交媾镇，科罗拉多的无名镇，密歇根的地狱镇，新墨西哥的象山镇，肯塔基的猪镇，还有密苏里的守财奴镇。这两个把彼此逗得乐不可支的男人终于笑够了，才把注意力投回面前的顾客身上。

“瞧，”萨利说，“他给我们留了另一个地址，可以转寄到那里去。”他翻着名片簿。“哈。叫什么‘奥利弗’。Q. 奥利弗。在加利福尼亚的威士忌。”

“没有街道名吗？”

“别傻啦，宝贝儿。一个叫威士忌的镇子上怎么会有街道呢？”萨利对让他开心了很久的笑料意犹未尽，也巴不得这个漂亮的黑人姑娘在店里多待一会儿。“说不定只有鹿踩出来的小道。”他补充道。

布莱德迅速走出修理店，却也迅速发现街上一辆出租车都没有。她只得回到店里，让萨利打电话帮她叫一辆来。

索菲亚

我应该难过。爸爸给我的监督员打来电话，说妈妈去世了。我预支了工资，如果假释官允许我回去参加葬礼，我就买张机票飞回去。我记得即将举行葬礼的那座教堂的一点一滴。长椅背后放圣经的木板，从沃克牧师脑后的玻璃窗投进来的绿色光线，还有气味——来自香水和烟草，但又远不止这些，也许那是虔诚的味道，洁净、正直、有益身心，就像妈妈家餐厅里的那个角落。我看惯了那里蓝白相间的墙纸，比我自己的脸都更熟悉。雪白的底色上，玫瑰、丁香和铁线莲绽放着深浅不一的蓝。我就站在那里，有时长达两个钟头，这是种无言的责备，以惩罚我如今或即便当时都不记得的过错。我把内裤弄脏了？我跟邻居家男孩玩“摔跤”？我迫不及待地逃出妈妈的房子，嫁给了第一个向我求婚的男人。和他在一起的两年跟之前的生活并没有什么区别——顺从，沉默，面对着一个更大的蓝白相间的角落，唯一的乐趣就是教书。

然而，我得承认，妈妈定下的那些规矩、她苛刻的纪律帮我在狄卡根生存了下来。我隐忍着，直到被释放的那天，我爆发了。彻底爆发了。我揍了那个曾经出庭指证我的黑人女孩。打她、踹她、用拳头揍她的时候，我感到一身轻松，比获得假释的感觉更自由自在。那时那刻，我感觉自己在撕那片蓝白相间的墙纸，把别人扇我的耳光都扇回去，把妈妈熟悉的魔鬼驱逐出我的生活。

我想知道她怎么了，为什么没报警。当时，她眼中凝固着恐惧，让我心生快意。第二天早上，因为一连哭了好几个小时，我的脸肿了。我打开门，外面的人行道上残留有细细的血迹，一枚珍珠耳环遗落在旁边。也许是她的，也许不是，不管怎样，我把它收起来了。它现在就在我的钱包里，我留着它做什么呢？当成某种纪念？当我护理病人，把假牙放回他们嘴里、搓洗他们的臀部和大腿以防褥疮、用海绵揉擦他们布满皱纹的皮肤再抹上乳霜时，在心底，我其实是在弥补自己对那个黑人女孩做的事，为她治疗，向她表示感激。是她让我重获自由。

对不起，妈妈。

太阳和月亮在地平线上遥遥相望，并未因对方的存在而受到惊扰。布莱德没有注意到它们的光，也不知道天空被照得多么辉煌。她把剃须刷和剃须刀放在装那支小号的盒子里，塞进行李箱。她一直惦记着它们，直到被捷豹的收音机里传来的音乐声分了心。妮娜·西蒙的歌声太有存在感，让布莱德忘掉了自己，思绪一路驰骋。她把收音机调到轻爵士乐，总算和车内的真皮装饰风格一致，也多少为她需要压下的焦躁感提供了一点抚慰。她从来没有做过这么欠考虑的事。她去追寻他，不是因为爱情，她明白。与其说是愤怒，不如说是伤痛让她驱车赶往未知的目的地，去找那个她曾经信任的人，正是他给了她安全感，让她心甘情愿地成为他的属地。一个没有他的世界是混乱不堪的，既浅薄又冷酷，处处都在刻意找她的麻烦，很像她母亲家中的气氛，在那里，她永远不知道该怎么做，该说什么话，该记住哪些规矩。该把汤勺放在粥碗里还是摆在碗旁边？该把鞋带系成蝴蝶结还是双环结？该把袜子卷到脚踝还是拉到膝盖？规矩到底是怎样的，又是什么时候变的呢？她的初潮弄脏了床单，甜心抽了她一巴掌，把她推到一浴缸冷水里。母亲原本尽一切可能避免与她有任何身体接触，却碰触了她，伸手推她。由此而来的满足感缓和了她受到的惊吓。

他怎么能这么做？为什么要夺走她的一切慰藉和安全感，把她孤零零留在原地？没错，他离开时，她一开始的反应蠢得要命，就像出自一个毫无生活经验的三年级学生口中的嘲讽。

他根本不是她的救世主，而是她的痛苦之源。如今，她的生活因他而变得一团乱，那可是她一块块拼凑起来的：个人魅力，以一种令人兴奋甚至富有创意的方式掌控一切的态度，性的自由，最重要的是那块盾牌，保护她不受任何过于强烈的感情所扰，无论是愤怒、尴尬还是爱。她对身体袭击的反应和对一次突如其来、不加解释的分手的反应一样软弱，前者让她哭泣，后者则引出一句轻飘飘的“那又怎样”。被索菲亚殴打，就好像甜心扇过来的巴掌中没了碰触带来的愉悦。不管是哪一种，都证明面对令人手足无措的残酷时，她是多么无助。

她那么弱小，那么心惊胆战，不敢反抗甜心、房东或是索菲亚·哈克斯利，事到如今，她能做的只有为自己而战，去面对第一个能让自己袒露灵魂的男人了，哪怕他嘲笑过她。做这种事需要勇气。事业上的成功曾让她以为自己最不缺的就是勇气，勇气和异国风情的美貌。

萨利店里的人说，他来自一个名叫威士忌的地方。他也许是回那里去了，也许没有。他可能和那个一度也不是他想要的女人Q. 奥利弗住在一起，也可能又换了别人。不管是什么情况，布莱德都会找到他，逼他解释为什么她不值得他好好对待，还有，他说她“不是那个女人”到底是什么意思？哪个女人？现在坐在这里的这个女人？这个穿着蚌白色针织连衣裙和月白色软兔毛靴子、开着一辆捷豹的女人？这个只要长眼睛的人就会夸赞美貌、在一家价值数十亿美元的公司里掌管一个重要部门的女人？这个已经在畅想新产品线——比如假睫毛——的女人？除了对乳房的热衷以外，每个女人（不管是不是他的菜）都想要更长更浓密的睫毛。一个女人可能瘦得像眼镜蛇，饥肠辘辘，可如果她有葡萄柚般的乳房和一双浣熊的眼睛，就会活得欢天喜地。没错。这次回去后，她就要着手推进这个项目。

在她向东而后北上的旅途中，高速公路上的车流越发稀疏。她想，很快，森林就会涌向道路两旁，静静地注视着她，树总会这样做。几个小时后，她就会来到北部山谷，那里有伐木场，有比她还年轻的小村子，还有与土著一样历史悠久的泥土路。既然上了州际公路，她决定先去找家餐馆吃顿饭，休整一下，然后再开进那片荒凉得让人不适的土地。一块告示牌上有好几家店在打广告：一个加油站，四家餐馆，两家旅馆。又开了三英里后，布莱德驶离高速公路，转入那片绿洲。她选的那家餐馆一尘不染，却也空空荡荡。空气中飘浮的啤酒与烟草的气味和那面挨着美国国旗、裱了框的联盟国[①]旗帜一样陈旧。

"需要什么吗？"收银的女侍者睁大了眼睛，视线不知道该投向何处。布莱德很熟悉这种眼神，还有随之张大的嘴。这让她想起第一天上学时迎接她的目光。他们惊愕至极，就好像她长了三只眼睛。

"请给我一份白蛋卷，不要奶酪。"

"白？不要鸡蛋？"

"不，不要蛋黄。"

---

①指成立于 1861 年的美利坚联盟国，包括当时美国南部的七个蓄奴州。

布莱德尽可能地咽下了这份南方人眼中易消化的一餐，然后打听女厕所在哪儿。她在收银台上留了一张五美元钞票，以免女侍者以为她要偷偷溜走。在厕所里，她再次查看了让她担忧的私处，那里仍然光滑无毛，没有一点复原的迹象。之后，她站在洗手池前看向镜子，注意到她那件针织连衣裙的领口歪得厉害，滑落下来，露出了左肩。她整理着领口，却发现那不是姿势不对或缝纫失误造成的，裙子整个滑了下来，好像她本该穿 2 号，却错买了 4 号，到现在才发现似的。可在她出发时，它还非常合身。她想，说不定是因为布料或者设计缺陷，又或者是她体重骤减。这不算问题。在她这一行，总是越瘦越好。她以后得更加用心地挑选衣服了。耳垂变化的恐怖记忆让她不寒而栗，但她不敢把这件事与她身体上的其他变化联系起来。

找零和付小费时，布莱德问要怎么去威士忌。

“不太远，”那个眼珠凸起、一脸假笑的女侍者说，“一百英里吧，也可能是一百五。天黑之前就能到。”

这就是乡巴佬口中的“不太远”？布莱德想。一百五十英里？她加好油，检查过轮胎，便沿着环路离开那片休息区，回到高速公路上。虽然那个女侍者言之凿凿，但天已经很黑了，她才在路边看到一个标着名字而非数字的出口，上面写着“威士忌路”。

无论如何，那条路还是铺过的。就算再窄、再弯，也还是铺好的。也许正因如此，她才放心地把探路的任务交给车头的远光灯，加速前进。她完全没料到会出事。车冲出了一个很急的弯道，撞上了一棵绝对是世界上最古老、最高大的树，树下环绕着灌木丛，低处的树干都被遮住了。布莱德推挤着气囊，仓皇而又恐慌地挣扎着，正想抽脚，一阵剧痛袭来，她这才发现一只脚被夹在了刹车踏板和变了形的门之间。她努力解开了安全带，但之后无论怎么做，那只脚都纹丝不动。她只得以别扭的姿势靠在驾驶座上，试图把左脚从那只优雅的兔毛靴中解放出来，可非但无济于事，还让她痛苦不堪。她扭转身体，探过身去，终于够到了手机，但屏幕上除了“无服务”几个字以外什么都没有。天这么黑，有车经过的可能性微乎其微，但她仍然抱着一线希望按下喇叭，企盼鸣笛声在吓走猫头鹰之外还能带来点儿别的好处。喇叭什么也没吓走，因为它一点儿声音都没发出来。她能做的最后一点努力也以徒劳告终，事到如今，她只能一整晚都躺在这里，被恐惧、愤怒、痛苦和委屈轮番侵袭。月亮如同一张咧开的嘴，狞笑着却看不到牙齿，垂下的树枝横亘在挡风玻璃前，像准备扼死人的手臂，连从枝叶间看到的星星都让她感到恐怖。她能瞥到的夜空是一张插满了闪亮尖刀的深色挂毯，刀尖纷纷对准她，迫不及待地想飞射过来。她感到世界是如此艰险。一旦意识到邪恶力量无处不在，她便从一个勇敢的冒险家变成了一个逃亡者。

天边露出一小片杏色，隐隐地暗示太阳即将升起、显露全身，撩拨得天空心痒难耐。随着黎明到来，备受抽筋和腿疼折磨的布莱德感到一阵激动，仿佛看到了希望。不管是不戴头盔的摩托车手、满载伐木工的卡车、连环强奸犯、骑着自行车的男孩还是猎熊人，会不会有人来帮她一把呢？就在她想象谁或者什么东西会救她于水火之中时，副驾驶窗外浮现出一张骨白色的小脸。一个小女孩，抱着一只小黑猫，正在用布莱德见过的最绿的眼睛望着她。

“救救我，求你了，救救我。”布莱德想大喊，可惜力不从心。

女孩盯着她看了很久很久，然后转身消失了。

“哦，天哪。”布莱德喃喃地说。她出现幻觉了吗？如果那个女孩是真实的，她一定是去求救了。除非精神有问题或天生反社会，没有人会把她扔在这里不管，对吧？她周围的树木原本在黑夜里沉睡，此刻却在晨曦中突然苏醒，令她猝不及防，惊惧不已，那片死寂也令人胆寒。她决定打着火，倒车，让捷豹飞一般远离这里，不管她的脚还能不能派上用场。就在她转动钥匙，听到已经没电的电池发出一阵苟延残喘的呻吟时，一个男人出现了，满面胡须，一头金色长发，黑色的眼睛细长。他要强暴她吗？还是要杀了她？布莱德颤抖起来。他从窗户外面眯眼盯着她，她也看着他。然后，那男人走了。过了几分钟——在布莱德看来仿佛过了几个钟头——他回来了，带着一把锯和一根撬棒。她吞着口水，浑身僵硬，惊恐地看着他锯掉挡在车前的枝干，接着从后面的口袋里掏出一把钳子，撬动车门，一把拉开。布莱德痛得发出一声尖叫，那个一直在旁边张嘴注视着他们的绿眼睛女孩被吓了一跳。男人小心地把她的脚从刹车踏板下推离，从被撞坏的门边挪开。把她从车座上抱起来时，他长长的头发垂到了面前。他没有问任何问题，也没有出言安慰，只是沉默地打横抱着她，祖母绿眼睛的女孩跟在他身边。他抱着布莱德沿着一条沙子路走了半英里，来到一座仓库似的房前，这里看起来就像杀人犯的老窝。被这样抱着、被无休止的疼痛包围着，布莱德感到无处可逃。她反复喃喃着“别伤害我，求你别伤害我”，终于晕了过去。

“她为什么这么黑？”

“跟你为什么这么白一个道理。”

“哦。这么说跟我的小猫一样？”

“没错，是天生的。”

布莱德抿了抿嘴唇。这是段多么平常的母女对话啊。她躺在一条纳瓦霍毛毯下装睡，偷偷听着她们的对话，受伤的脚垫在一个枕头上，在兔毛靴子里一跳一跳地疼。救了她的男人把她带到了这个勉强像个家的地方，但既没强奸也没折磨她，而是让妻子照顾她，自己去开卡车。他说他不确定这片地方唯一的医生上班了没有，毕竟现在太早了，不过可以试着去找找。这个满脸胡须的男人说，他觉得这不像单纯的扭伤。踝骨可能裂了。家里没有电话，他只能开卡车进村去找医生。

“我叫伊芙琳，”他的妻子说，“我丈夫叫史蒂夫。你叫什么名字？”

“布莱德。就叫布莱德。”她第一次觉得这个捏造的名字一点也不时髦，听起来像电影里的假名，充满孩子气。直到伊芙琳指了指那个祖母绿眼睛的女孩，才终止了她微妙的尴尬。“布莱德，这是蕾辛[1]，其实我们给她起的名字叫蕾恩[2]，因为我

---

①原文为“Raisin”，意为“葡萄干”。

②原文为“Rain”，意为“雨”。

们就是在那个时候捡到她的。但她喜欢人家喊她蕾辛。”

“谢谢你，蕾辛，你救了我的命，真的。”对着这另一个捏造的名字，布莱德满心感激，听任一滴眼泪滑下面颊，途经之处热辣辣的。伊芙琳帮她脱下衣服，又拿了丈夫的一件伐木工式的格子衬衫给她。

“需要我给你弄点儿早餐吗？麦片？”伊芙琳问，“或者是热乎乎的面包和黄油？你一定在那儿困了一整晚。”

布莱德拒绝了，不过她希望自己表现出了足够的感激之情。她只想睡一会儿。

伊芙琳帮这位客人掖好被角，小心地避免碰到那只被垫起的脚，然后走向洗碗池，那些关于黑皮肤、白皮肤以及小猫的低语没再继续。她是个高个儿女人，长着并不符合当今审美的臀部，一根栗色长辫在背后摇晃。她让布莱德想起自己看过的电影里的什么人，不是最近的片子，而是三四十年代的，那时的影星们都有着鲜明的面孔，和如今只能靠发型分辨的那些人不同。但她想不起这股熟悉感具体来自何处，是哪部电影，哪个女演员。另一方面，小蕾辛则不像布莱德见过的任何人——牛奶白的肤色，乌木般的黑发，亮绿色的眼睛，看不出年龄。伊芙琳怎么说的来着，“我们就是在那个时候捡到她的”？在雨中。

史蒂夫和伊芙琳的房子就像是从手工作坊或者机器修理铺改装的一样：桌椅、洗碗槽、烧木柴的炉灶和布莱德躺在上面的粗糙长沙发，都摆在同一片宽敞的空间里。靠墙摆着一台织布机，旁边还有几小篮线。天花板上有一扇需要好好洗刷的天窗。在房间各处，无需电力的光线像水一样肆意流动——这边的一片阴影也许下一秒就会消失，聚在那边铜锅上的一缕光线可能好几分钟后才会消融。房间后部的一扇门后是一间卧室，里面有两张床，一张绳床，一张铁床。伊芙琳和女孩在一张自制的朴拙木桌上切蘑菇和青椒的时候，炉子里烤着闻起来像是鸡肉的东西。突然，她们毫无预兆地唱起一首老掉牙的嬉皮士歌曲。

“这片土地是你的家园，这片土地是我的家园……”

歌声让布莱德猛地跌进鲜明的回忆中。甜心在水槽边洗长筒袜，哼唱着蓝调歌曲，小卢拉·安躲在门后聆听。如果妈妈和女儿能在一起唱歌，该多么美好啊。怀抱着那个美梦，她沉入深深的梦乡，直到中午时分才被低沉的男声唤醒。史蒂夫领着一个年纪非常大、不修边幅的医生，砰砰地走进了房间。

“这位是沃尔特。”史蒂夫说，他站在沙发边上，露出非常接近微笑的表情。

“穆斯奇医生，”那个医生说，“沃尔特·穆斯奇，医学博士，博士，修道士，角斗士，炼金术士。”

史蒂夫大笑道：“他在开玩笑。”

“嗨，”布莱德说，视线在自己的脚和医生的脸之间徘徊，“我希望它还有救。”

“看看就知道了。”穆斯奇医生说。

医生割开她漂亮的白靴子时，布莱德咬紧牙关，嘶嘶吸气。他以专业的手法和毫不留情的态度检视着她的脚踝，宣布骨裂，也有可能更糟，在史蒂夫家里是没法治疗的，她需要去诊所拍X光，打个石膏什么的。他现在要做或者说能做的就只是给脚消毒包扎，以免它肿得更厉害。

布莱德不想走。她突然饿得抓心挠肺，让她满怀怒气。她想先洗个澡，再吃点东西，然后才被送去另一间破烂的乡村诊所。她这样想着，问穆斯奇医生能不能先给她点儿止痛片。

“不，”史蒂夫说，“不行。先把该干的事干了。而且我们今天还有别的事。”

史蒂夫把她抱到卡车上，塞进他和医生中间，然后上路了。两个小时后，他们从诊所回来时，布莱德不得不承认，夹板和药物共同舒缓了她的痛楚。威士忌诊所在一家邮局对面，位于一栋带有护墙板的海蓝色漂亮房子的一层，那里还有一家理发店。二层的橱窗里展示着二手衣服。倒也古雅，布莱德想，她猜自己是不是也要被送进一间同样古色古香的诊室。出乎她意料的是，这里的设备和她之前做整容手术的医院一样尖端。

看到她如此惊讶，穆斯奇医生笑了。“伐木工和士兵一样，”他说，“他们受的伤可是最重的，所以需要最好最快的治疗方法。”

检视过声像图后，穆斯奇医生告诉她，她不会死，但想痊愈可能要花上至少一个月，说不定六个星期。“下胫腓联合韧带损伤，”他对这个一头雾水的病人说，“可能需要做手术，但如果你照我说的做，很可能就省了。”

他给她的脚踝上了夹板，告诉她等消肿了他会给她打石膏，到时候她要再到诊所来。

一个小时后，她已经回到了卡车里，身边坐着沉默不语的史蒂夫。夹板所限，她的左腿不得不在仪表盘下直挺挺地伸开。被史蒂夫抱回家后，布莱德发现饥饿感已经无影无踪，取而代之的是因自己很久没洗澡，浑身又酸又臭而导致的尴尬，如此强烈，让她无地自容。

“请让我洗个澡吧。”她说。

“我们没有浴室，”伊芙琳说，“你现在不方便，我可以帮你擦身。等你的脚好了，我再烧水给你用洗衣盆洗。”

她要用尿盆、室外厕所和铁皮洗衣盆，睡弹簧塌陷的粗布沙发整整一个月？布莱德哭了起来，他们随她去了，蕾恩和伊芙琳继续做饭。

晚些时候，在这家人吃完饭后，布莱德努力克服尴尬，接受了他们给她的一盆冷水，洗了洗脸和腋窝。随后，她强迫自己振作精神，挤出微笑，接过了伊芙琳递到她面前的餐盘。这时她才发现，自己以为是鸡的东西其实是浇着浓浓的蘑菇酱汁的鹌鹑。饭下肚后，意识到自己刚刚以泪洗面、耍小脾气、举止幼稚、既不打理自己也不大方接受他人帮助，布莱德的尴尬升级成了羞耻。被她打扰的这家人过着贫寒的生活，可他们不辞辛苦地帮助她，没有犹豫也不求回报。然而，一如往常，她的感激和尴尬都没有持续很久。他们对她其实就像对待一只断了腿的流浪猫狗，仅仅出于怜悯。她开始感到不悦，抠着指甲，问伊芙琳有没有修指甲用的锉刀或者随便什么样的指甲油。伊芙琳咧嘴笑了，不声不响地举起自己的手给她看。答案一目了然。伊芙琳的手不适合捏一只高脚杯的细颈，砍引火柴或拗断鸡脖子却绰绰有余。布莱德在心底冒出疑问：这些人是谁，他们又是从哪儿来的呢？他们没问过她是从哪儿来的，又要到哪儿去，只是照顾她，给她饭吃，替她安排拖车来把坏掉的车送去修理。对她而言，他们提供这样的帮助实在太难理解也太过奇怪了——无条件地照料她，不对她指手画脚，甚至对她的身份和目的地都没有表现出哪怕一秒的兴趣。她偶尔会怀疑他们是不是有什么预谋，有什么不可告人的计划，但日子在百无聊赖中一天天过去了，完整无瑕。偶尔，在晚饭后，史蒂夫和伊芙琳会坐在外面，唱着甲壳虫乐队或西蒙和加芬克尔的歌消磨时间。史蒂夫扫着吉他弦，伊芙琳跑调的女高音汇入吉他声中，在唱错的歌词和漏弹的音符间伴着一阵阵清脆的笑声。

接下来的几个星期里，布莱德去了几次诊所看脚，做腿部复健运动，等待修理店修好她的车，也知道了这对夫妻更多的故事。她得知他们俩已经五十多岁了，史蒂夫毕业于里德学院，伊芙琳毕业于俄亥俄州立大学。讲述他们的相遇时，两个人频频爆出大笑。他们第一次邂逅是在印度（布莱德在他们交汇的视线中看到了美妙过往的光辉），第二次在伦敦，第三次在柏林。在墨西哥再次偶遇时，他们达成一致，决定不再以这种方式见面（说这话时，史蒂夫用指关节碰了碰伊芙琳的面颊），于是在提华纳结了婚，然后“搬到了加利福尼亚过真正的日子”。

望着他们，布莱德知道自己的忌妒十分幼稚，但就是无法摆脱这种感觉。“你说的‘真正’指的是穷吗？”她用微笑来掩饰讥讽。

“你说的‘穷’又指什么？没有电视？”史蒂夫扬起眉毛。

“指的是没钱。”布莱德说。

“一回事，”史蒂夫答道，“没钱才没电视。”

“指的是没洗衣机，没冰箱，没浴室，没钱！”

“钱能帮你从那辆捷豹里出来？钱能救你？”

布莱德眨了眨眼睛，但没傻到还嘴。说到底，关于无条件的善意和不借助外物的爱，她以前有过什么了解呢？

她在他们家艰难地度过了六个星期，一直等到脚能走了，车也修好了。很明显，这里唯一的汽车修理店想给那辆捷豹配铰链和一扇全新的车门都得靠函购。夜里，这座房子会陷入深深的黑暗，睡在这儿，布莱德感觉就像躺在棺材里一样。屋外的夜空中一定有她前所未见的数不尽的星星，但在屋里，头顶是一扇灰扑扑的天窗，又没有电，她睡不着。

穆斯奇医生终于回来为她拆下石膏，换上了一个可以让她一瘸一拐地走路的支撑护具。拆下石膏后，她瞥到之前藏在下面的皮肤，因它的肮脏恶心而颤抖起来。比摆脱石膏更令她开心的是，伊芙琳像之前说的那样，把一桶又一桶热水倒进锌皮浴盆，然后递给布莱德一块海绵、一条毛巾和一块很不容易出泡沫的棕色肥皂。在扛过了只能用擦身来代替洗澡的几个星期后，布莱德满心感恩地沉进水中，一遍遍抹着肥皂，直到水完全冷掉。就在站起来擦干身体的时候，她发现自己的胸平了，一片平坦，只剩下乳头能证明这不是她的后背。她惊骇得无以复加，扑通一声坐回了脏水里，紧紧抓住毛巾压在胸口，仿佛握着一面盾牌。

我一定是病了，要死了，她想。她把湿透的毛巾贴在乳房的遗迹上，它们曾经多么招摇地宣告自己的存在，在呻吟的情人的嘴唇下变得鼓胀。她努力压抑着恐惧，呼唤着伊芙琳。

“请问有什么我可以穿的吗？”

“当然有。”伊芙琳说，几分钟后便拿来了一件T恤和一条她自己的牛仔裤。她没有对布莱德的胸部或湿漉漉的毛巾发表任何看法，只是把衣服留下让她自己穿。布莱德把她叫了回来，因为那条裤子肥得从她腰上掉了下来。伊芙琳换了蕾恩的裤子给她，肥瘦刚刚好。我什么时候变得这么瘦小了？布莱德百思不得其解。

她本想躺一小会儿，压压惊，回回神，搞清楚她的身体为什么会缩水，但是还没感到困倦，她就毫无预兆地睡着了。黑暗的虚空中绽放出一个鲜活的梦，每一个细节都充满了实感。布克的手在她的大腿间游走，当她扬起双臂圈住他的后背时，他抽出手指，将他们称为民族骄傲与财富的东西滑进了她的两腿之间。她开始呢喃和呻吟，但他的嘴唇紧紧地压着她的。她的腿扣住他律动的臀部，仿佛在让它慢一点、快一点或是留在那里不要离开。布莱德轻哼着醒来，身体湿润。但当她碰了碰曾经乳房所在的地方，她的呻吟变成了啜泣。这时她突然明白，她身体的变化不是在他离开后发生的，而是他的离去导致的。

稳住，她想道。她的脑袋晕晕乎乎，但她会让它恢复平静，正常活动，就好像什么都没发生。不能让人知道，不能让人看见。她的言行举止必须和往常一样，仿佛她只是在泡完澡后又洗了头发。她跛着脚走到厨房的水槽边，拿起一旁立着的水罐，把水倒进一只大碗，给头发打上肥皂，在碗里洗干净。她四处寻找干毛巾时，伊芙琳走了进来。

“哦，布莱德，”她笑着说，“你的头发太多，一条洗碗巾不够擦的。来，咱们坐到外面，让阳光和新鲜空气烘干它。”

“好啊。”布莱德说。她想，重要的是表现得和平常一样，这样做说不定能让身体恢复正常，至少也会让它停止倒退吧。她跟着伊芙琳来到院子里，那里有一条锈迹斑斑的铁长椅，沐浴着铂金色的阳光。长椅旁有一个茶几，上面摆着一盒大麻和一瓶没有贴标签的酒。伊芙琳帮布莱德擦着头发，用美发师常用的那种口气和她闲聊着：和一个完美的男人住在这片星空之下，她觉得多么幸福；她在不使用现代设备旅行和持家的过程中学到了多少东西，在她眼里，那些设备不过是些垃圾，因为没一件能用上很久不坏的；还有蕾恩如何让他们的生活变得更美好。

布莱德问她蕾恩是什么时候从哪儿来的，伊芙琳坐了下来，倒了些酒在杯子里。

“那可说来话长了。”她说。布莱德竖起耳朵听着。说什么都好。只要能让她不再惦记着自己身体的改变，以及要怎么隐瞒。她跨出浴盆、接过伊芙琳递给她的 T 恤时，伊芙琳没有注意到她的胸，更没说一个字。被从捷豹中救出时，布莱德令人惊叹的乳房还在，她在威士忌诊所看病时，它们也在，然而现在，它们不见了，就像做了台失败的乳房切除手术，只剩乳头还完好无缺。她没有感到丝毫疼痛，一切器官运行如旧，只有月经诡异地推迟了。所以说，她到底得的是什么病？既可见，又无从捉摸。是他，她想，是他的诅咒。

“来点儿？”伊芙琳指指铁盒子。

“哦，好。”她注视着伊芙琳专业的操作，敬畏地接过她的成果。抽第一口时她呛到了，但之后就熟练起来。

她们沉默地抽了一会儿，然后布莱德说：“给我讲讲，你们说在雨中捡到她是怎么回事。”

“就是字面意思。当时史蒂夫和我参加完一场抗议活动，我忘了具体是什么，我们在开车回家的路上看见这个小女孩坐在一户人家门口砖砌的台阶上，浑身湿透了。我们那时候开的是一辆老掉牙的大众，他减速，然后停了车。我们都以为她迷路了，或者丢了钥匙。史蒂夫把车靠边，下车去瞧瞧发生了什么事。他先是问她叫什么。”

“她说什么？”

“没说。一个字都没说。她淋得像落汤鸡一样，但史蒂夫蹲在她面前的时候，她把头扭开了，然后，哎呀，他一碰到她的肩，她跳起来就跑了，脚上还穿着湿漉漉的网球鞋。于是他就回来了，我们打算继续开车回家。但那时候，雨一下子大起来了，哗哗地下，挡风玻璃一片模糊。所以我们没再往前开，把车停到了一家餐馆旁边，叫‘布鲁诺’。不管怎样，我们没坐在车里等雨停，而是走了进去，虽然要了咖啡，但更多是为了避雨。”

“所以你们找不到她了？”

“当时，是找不到了。”伊芙琳抽完了烟卷，给自己续了杯酒，啜饮着。

“她回来了吗？”

“没有，但雨停了以后，我们走出餐馆的时候，我发现她就在那座建筑后面的巷子里，蜷在一个大垃圾桶旁边。”

“天哪。”布莱德颤抖着，仿佛在那里的是她自己。

“是史蒂夫决定要带她走的。我当时还有点犹豫，不知道该不该插手，可他二话不说就走过去抓住了她，把她扛在肩上。她喊着：‘绑架啦！绑架啦！’不过声音不大。我觉得她可能不想引起注意，尤其不想被猪，我指的是警察，被他们发现。我们把她推进车后座，坐回车里，然后锁了门。”

“她安静下来了吗？”

“哦，没有。她一直在大叫‘放我出去’，踢我们的椅背。我努力用温柔的声音跟她说话，好让她别怕我们。我说：‘你全身都湿透了，孩子。’她说：‘在下雨呢，婊子。’我问她，她妈妈知不知道她就坐在外面淋雨，她说：‘知道又怎么样？’她这样让我不知道该怎么回答。然后她开始骂人，你都想象不到那些脏话是从一个那么小的孩子嘴里说出来的。”

“真的吗？”

“我和史蒂夫对视了一眼，不用说话，就已经决定好要怎么做了——换下她的湿衣服，给她洗澡、吃饭。然后再看看能不能找到她的父母。”

“你说你们捡到她的时候她才六岁？”布莱德问。

“那是我猜的，不能确定。她从来没说过，我估计她自己也不知道。我们捡到她的时候，她的乳牙已经掉了，她到现在还没来过月经，胸也平得像滑板一样。”

布莱德险些惊跳起来。伊芙琳只是提到一句平胸，瞬间就把她拽回了那种痛苦之中。假如她的脚没事，她会拔腿就跑，远远逃离自己正在变回一个黑人小女孩的恐怖猜想。

过了一个晚上外加一个白天，布莱德稍微冷静了一点。毕竟没有人注意到她身体上的变化。她的 T 恤在胸前没有一丝起伏，耳垂上也没有洞，他们好像都不在意，更没有对此说一句话。她从未刮过腋下和私处，但那些毛发全部消失了，这个事实也只有她自己清楚。这么说，这一切很可能是场幻觉，就像她好不容易入睡后做的那些过于逼真的梦一样。是梦吧？有两次，她在夜里醒来，发现蕾恩正站在旁边俯视她，或者蹲在附近，没有显露出恶意，只是盯着她而已。但当她开口对她说话时，那个女孩就不见了。

这里的生活让她感到无助和无所事事，于是她明白了人们为什么要竭力排遣无聊。如果没有事情可以分心，身体也得不到机会活动，头脑就会一遍遍摆弄散落在脑海里的无意义的回忆。哪怕是集中精神为一件事忧心忡忡，也好过在互无关联的思绪碎片里徘徊。她的思绪甚至不具备做梦时有限的逻辑性，而是从她指甲的现状游移到她撞上灯柱的那次经历，从评判一位名媛的裙装游移到评估她自己牙齿的状况。她被困在一个原始家庭里，在旁观那对夫妇做日常家务，看他们种菜、打扫卫生、做饭、织布、剪草、劈柴、做罐头的时候，连收音机都没得听。她也找不到可以说话的人，至少没人和她谈论她感兴趣的话题。她本已决定不去想布克，但这种决心总是不堪一击。要是找不到他该怎么办呢？要是他没跟奥利弗先生或女士在一起呢？要是这次追寻无果而终，她的一切就都乱套了。但如果真的找到了他，她又该做什么、说什么？她觉得在自己的整个人生中，除了希尔维娅公司和布鲁克琳，其他所有人都对她不屑一顾，排斥她的存在。布克是她唯一能够正面相对的人，就像她面对自己、为自己发声一样。她总该有点价值吧？她有那么不值一提吗？

她想念布鲁克琳，她是她心里唯一的真朋友，忠实，风趣，大方。还有谁会像布鲁克琳那样，在廉价汽车旅馆里那次血腥恐怖的事件发生后，驱车数英里找到她、细心地照顾她？她想，不告诉布鲁克琳自己目前在哪儿，对这位朋友来说可不公平。当然，她不能告诉布鲁克琳自己这次出逃是要去干什么，不然布鲁克琳会劝她不要去，甚至会奚落她、笑话她，让她明白这个主意多么欠考虑、多么不计后果。但无论如何，联系布鲁克琳是她该做的事。

既然没有电话，布莱德决定给她写封信。她问伊芙琳时，后者说家里没有任何办公用品，但她给了布莱德一张从练习本上撕下的纸，那是用来教蕾恩写字的。伊芙琳保证，会让史蒂夫帮她寄出去。

布莱德熟知公务便条的措辞，但私人信件应该写什么呢？

到目前为止我还好？

很抱歉不告而别？

我必须自己解决这件事，因为……？

她放下铅笔，检视着自己的指甲。

平时，伊芙琳织布的声音会让她心情平静，但今天，梭子和踏板发出的咔嗒声和撞击声让她极度心烦。无论她换哪种思考方式，最终总免不了陷入羞耻的泥淖。如果布克根本不住在一个叫威士忌的小镇上会怎么样，如果他真的在那里又会怎么样？要是他跟另一个女人在一起呢？而且，除了“你竟敢这么对我，我恨你”或者“求求你回到我身边”，她又能对他说什么？也许她能找到一种复仇的办法，彻底伤害他一把。她的思维虽然混乱，却还是围绕着一件必须做的事集中在了一起——无论结果如何，她都要找到他，站到他面前，这种需要始终不曾消减。那么多无谓的假设和伊芙琳织布的声音让她烦闷焦躁，她决定去外面走走，一瘸一拐也没关系。她打开门，叫道：“蕾恩，蕾恩。”

女孩正趴在草地上看蚂蚁文明地列队奔忙。

“怎么啦？”蕾恩抬起头来。

“想出去走走吗？”

“去干啥？”从她的语气可以清楚地听出，看蚂蚁可比跟布莱德在一起有趣得多。

“不知道。”布莱德说。

这个回答好像让蕾恩挺高兴。她笑着跳起来，抚平了短裤。“好呀，你想去我们就去。”

起初，她们沉默不语，彼此都感到轻松，因为她们似乎都沉浸在各自的思绪中。布莱德蹒跚而行，蕾恩蹦蹦跳跳，在灌木丛和草地边上停下来碰碰这个，瞧瞧那个。沿着路走了半英里后，蕾恩沙哑的嗓音打破了沉寂。

“他们把我偷来的。”

“谁？你说史蒂夫和伊芙琳？”布莱德停住脚步，看着蕾恩挠着小腿肚。“他们说是他们捡到你的，当时你坐在雨地里。”

“那倒是。”

“那你为什么说是‘偷’呢？”

“因为我没让他们带我走，他们也没问我想不想跟他们走。”

“那你为什么跟他们走了？”

“我浑身湿透了，而且冷得要死。伊芙琳给了我一条毯子，还有一盒葡萄干吃。”

“你后悔被他们带走吗？”我猜没有，布莱德想，否则你早就跑了。

“哦，没有，从来没有。这个地方再好不过了。而且我也没有别的地方可去。”蕾恩打了个哈欠，揉着鼻子。

“你没有家？”

“本来是有的，但我妈住在那儿。”

“所以你就离家出走了？”

“我没有，是她把我赶出来的。她说‘你他妈给我滚’，我就滚了。”

“为什么？她为什么要赶你出门？”为什么会有人这样对一个孩子呢？布莱德惊讶不已。就连甜心这种多少年来甚至不愿看她一眼、碰她一下的人，都从来没有把她赶出家门过。

“因为我咬他。”

“咬谁？”

“一个男的。常客了。她允许他们对我做那个。哦，瞧，蓝莓！”蕾恩正在路边的灌木丛里拨来拨去。

“等一下，”布莱德说，“‘那个’是什么？”

“他把尿尿的玩意儿塞到我嘴里，我咬他了。所以我妈向他道歉，把他的二十块钱还给了他，让我在外面罚站。”蓝莓味道很苦，并不是她期待中那种野生的、甜滋滋的东西。“她不让我回去，我就一直捶门。她开了一次门，把我的运动衫扔出来。”蕾恩把最后一点蓝莓渣吐在地上。

想象这个场景时，布莱德感到胃部一阵抽搐。怎么会有人对一个孩子做那种事呢？任何一个孩子都不可以被如此对待，亲生骨肉就更不用说了。“如果有机会再见你妈妈一面，你会对她说什么？”

蕾恩咧开嘴。“不说什么。我要砍了她的脑袋。”

“哦，蕾恩，别那么说。”

“我是认真的。我想过好多遍，都想到她那时候会是什么样子了，眼睛啊，嘴啊，还有从脖子里喷出来的血。我一想就开心。”

一块光滑的石脊沿路耸出，布莱德牵着蕾恩的手，温柔地带着她来到石头边，两个人在上面坐下。她们谁都没注意到，就在路对面的树林中，站着一头母鹿和它的幼崽。母鹿像它旁边的树一样一动不动地注视着这两个人，小鹿靠在它的侧腹上。

“给我讲讲，”布莱德说，“都告诉我。”

她的话音让那对母子飞快地逃走了。

“说吧，蕾恩，”布莱德把手放在蕾恩膝上，“告诉我。”

她说了起来，细细讲起街头生存所需的智慧、记忆力和勇气，祖母绿的眼睛时而睁大、闪闪发亮，时而眯起，变成窄窄的、深橄榄色的细缝。你得知道公共厕所都在哪儿，她说，知道怎么躲开儿童福利机构和警察的视线、怎么甩掉醉汉和瘾君子，但最重要的是知道在哪里过夜才安全。学会这些需要时间，她必须懂得分辨什么人会给你钱，又是为了什么，还要记住在哪些食品储藏室或餐馆的后门会有和善慷慨的人给她食物。最大的问题在于如何觅食并储存到下一顿。她特别注意不跟任何类型的人交朋友，无论是年轻的还是年老的，生活稳定的还是流浪者。任何人都可能出卖或者伤害你。街角的流莺是对她最好的一群人，她们会提醒她，她们那个行当里存在哪些危险——不付钱的嫖客，付了钱好把她们抓起来的警察，还有故意伤害她们取乐的男人们。蕾恩说她不需要别人提醒，因为以前就有个相当老的家伙让她受了很重的伤，流了血，她妈妈抽了那老头耳光，尖叫着“滚出去”，然后用一种黄色的粉末给她灌洗下体。蕾恩承认自己很怕男人，他们让她恶心。那次，下雨了，她正坐在救世军[1]卡车站门口的台阶上。卡车上的一个女人以往都会偷偷塞给她食物，这次说不定会给她一件外套或是一双鞋。就在那时，伊芙琳和史蒂夫出现了。史蒂夫碰到她的肩膀时，她想起了那些到她妈妈家里来的男人，于是拔腿就跑，躲了起来，没见到那个会给她食物的女人。

蕾恩在描述自己无家可归的生活时，偶尔穿插几声咯咯轻笑，她欣赏着自己的机智和脱身之术，布莱德则克制着为他人的遭遇掉眼泪这种危险的冲动。这个坚强的小女孩从来没有把时间浪费在伤心上。布莱德听着她讲故事，感受到了一种朋友间的轻松氛围，奇怪的是，这种友情中没有任何忌妒的成分，而是像同班女生那样亲密。

---

①成立于1865年的国际性宗教与慈善组织。

蕾恩

我的黑小姐离开了。我发现她卡在车里的那天，一开始，她的眼睛吓了我一跳。我的猫咪丝丝才有那样的眼睛。不过没过多久，我就变得非常喜欢她。她太漂亮了。有时候，她在睡觉，我就在旁边看着。今天，她的车被送回来了，他们给它安了个其他颜色的门，还是坏掉的。她走之前给了我一把刮胡子用的刷子，史蒂夫留胡子，用不着它，于是我拿它给猫梳毛。她走之后，我很难过。我不知道还能跟谁说话。伊芙琳对我真的很好，史蒂夫也是，可如果我说起在我妈妈家里发生的事，或者我在被赶出家门以后是怎么机灵地活下来的，他们就会皱起眉头，或者避开我的目光。不管怎么说，我刚来这里时还想着杀掉他们，现在我没那个念头了。不过那时候，我还想杀掉所有人呢，幸亏他们给我抱来一只小猫。猫现在已经长大了，我有什么话都会对它说。我的黑小姐听我讲了在我妈妈家里和街上发生的事。史蒂夫是不会让我讲的。伊芙琳也不会。他们以为我识字，但我不认识，可能只认得一点图案之类的。伊芙琳在试着教我。她说这叫“在家上学”，我管它叫“在家流口水”和“在家瞎胡闹”。我们并不是真的一家人，虽然相处得还行，但只是在过家家而已。伊芙琳演的妈妈不错，可我更想要一个像黑小姐那样的姐姐。我没有爸爸，我是说我不知道他是谁，因为他不跟我妈妈住在一起，但史蒂夫总在家里，只有白天去哪儿干活的时候才出门。我的黑小姐人很好，但她也很强悍。那天，给她讲完我遇到伊芙琳和史蒂夫之前的全部故事后，我们一起往家走，一辆坐着好几个大男孩的卡车从我们旁边开过。其中一个男孩嚷道：“嘿，蕾恩，你妈是谁啊？”我的黑小姐没有回头，可我把拇指贴在鼻子旁边，张开手掌，冲他吐了舌头。[1]他们当中有一个叫雷吉斯，他有时会跟他爸爸一起来我家送柴火或是玉米，所以我认识他。开车的那个年纪大点儿的男孩让车掉头跟上了我们。雷吉斯拿起一把和史蒂夫用的很像的鸟枪，对准了我们。我的黑小姐看见他要干什么，用自己的胳膊挡住了我的脸。打鸟用的铅弹让

①一种表示轻蔑、嘲讽的动作。

她的手和胳膊开了花。我们俩都摔倒了，她趴在我身上。我看到雷吉斯蹲下身子，卡车加大油门飞快地开走了。我什么也做不了，只能把她扶起来，捂住她流血的胳膊，她拖着伤脚，尽可能快地赶回家里。史蒂夫把她手和胳膊里的小铅珠挑出来，说他会去告诉雷吉斯的爸爸。伊芙琳帮黑小姐洗掉血，往她手上倒满碘酒。我的黑小姐表情很痛苦，但她没有哭。我的心跳得厉害，因为从来没有人为我做过这样的事。我是说，史蒂夫和伊芙琳的确把我带回了家，还照顾我，但是从来没有人为了救我、救我的命而不顾自己的安危。可我的黑小姐连想都没想就这么做了。

她已经走了，但谁知道呢，说不定有一天我会再见到她的。

我想我的黑小姐。

第三部

他的指关节上沾染着斑斑血迹，手指开始肿胀。被他揍了一顿的陌生人已经不再动弹，也不再发出呻吟，但他明白，他最好快点离开，不然可能会被某个学生或校园保安当成不法分子，而实际上，躺在草地上的那个人才是。走的时候，他没管那个人敞开的裤链和裸露在外的阴茎，他第一眼看到他在学校操场边上游荡时，后者就掏出了那家伙。当时只有几个学童在滑梯旁边，还有一个在荡秋千，没有一个注意到那个男人正舔着嘴唇，朝他们摇晃着他那根细小苍白的软骨。正是舔嘴唇的动作惹恼了他——舌头擦过上唇，吞咽口水，舌头再次舔上去。很明显，对这个男人来说，只是看着这些孩子就和触摸他们一样令人愉悦，因为同样明显的是，在他扭曲的思维中，他们正在大声召唤他，他们爬上滑梯或坐在秋千上翻搅空气时，包裹在男女童短裤下的圆润大腿和紧实的小屁股勾引着他，而他正在给他们回应。

布克不假思索就让自己的拳头飞进了那个男人的嘴。他的长袖运动衣上溅到了一小摊血。那个男人晕过去后，布克从地上抓起书包走开，并没有走得特别快，但足以穿过马路，把上衣翻过来，然后准时赶到课堂。他还是晚了一会儿，但他到教室时，旁边还有几个人也正悄悄溜进去。迟到的学生在最后几排坐下，把背包、公文包或是笔记本电脑啪嗒一声放在书桌上，在他们中间，只有一个人拿出了纸做的笔记本。布克同样更喜欢铅笔在纸上划过的感觉，但他现在手指肿胀，写字变得吃力，于是他听着课，偶尔神游天外，用手掌掩去几个哈欠。

教授一直在分析亚当·斯密的错误。他几乎每节课都要重复这个话题，仿佛整个经济学史上只有这一个学者值得他批判。那么米尔顿·弗里德曼或者反复无常的卡尔·马克思又如何呢？布克是最近才对金钱这个议题产生兴趣的。四年前读本科的时候，他选修过不同学科的课程，比如心理学、政治学和人文科学，他还选了非裔美国人研究领域内的几门课，然而，其中最好的教授虽然在描述事实方面无可挑剔，但面对他提出的每个以“为什么”开头的问题，都无法提供令他满意的答案。他怀疑，那些涉及蓄奴、私刑、强制劳工、佃农分成、种族主义、战后重建[1]、《吉姆·克劳法》[2]、监狱劳工、移民、民权和黑人解放运动的问题，真正的答案大都与金钱有关。有人不给钱，有人偷了钱，钱换来权力，钱引发战争。怎么没有教授讲讲蓄奴是如何在二十年间凭一己之力将整个美国从农业社会送进工业时代的呢？正是白人的憎恨和暴力行径为利润的马达供应燃料，使其运转不息。于是，他在读研究生时转向了经济学，学习它的历史与理论，研究金钱如何造就了世界上的每一种压迫，又如何创造了每一座帝国、国家与殖民地，而人们又是如何不厌其烦地搬出上帝和魔鬼作为幌子来聚敛财富，并为其披上神圣的外衣。他经常把被殴打得伤痕累累、一贫如洗、衣不蔽体、在十字架上高喊背叛的犹太人的王，和珠光宝气、衣着华贵、在梵蒂冈的穹顶下低声布道的教皇作对比。《十字架与穹顶》，布克·斯塔伯恩著。他以后要写这样一本书。

无聊的讲课让他开始走神，他想到了那个躺在操场上、裸露着下体的男人。秃头，相貌平平。很可能平时是个好

①指美国南北战争后，1865 年至 1877 年间，为解决击败南方邦联、废除奴隶制后的遗留问题而实施的举措。

②美国南部和边境各州于 1876 年至 1965 年间对有色人种实行种族隔离制度的一系列法律。

人，这种人总是这样的。他们在邻居口中总是“世界上最好的人”，“他连一只苍蝇都不忍心伤害”。这句被用滥了的话到底是谁最先说出口的？为什么要给苍蝇留活口？这句话的意思难道是说，他心肠好得连一只传播疾病的昆虫都不忍打死，却能开开心心地毁掉一个孩子的人生吗？

布克是在一个拥挤的大家庭里长大的，他的生活中没有电视机。进入大学后，他被电视与网络包围了，在他看来，这些大众传媒无论手段还是内容都充满了供人消遣的东西，但大部分都与智慧或知识无关。只有气象频道能提供信息，但大多数时候都不准确，反复无常。至于电子游戏，则会让人沉溺于无意义的漩涡。他是在一个喜欢读书的家庭里长大的，日常信息来源只有收音机和报纸，娱乐则只有黑胶唱片。于是，他只能假装像其他同学一样，对从每间宿舍、休息室和学生爱去的酒吧里传出的电子游戏的轰鸣声充满热情。他知道自己实在太不合群了，他是个卢德分子[①]，无法体会当今科技世界的激动人心之处，这一点从大一开始便一直让他难堪。他是由面对面的交谈和白纸黑字的文章塑造的。以前每到星期六早晨，他的父母就会召集孩子们一起开会，这是早餐前的第一件事。每个人要回答两个问题：一、你又

①工业化、自动化、数字化及一切新技术的反对者。

掌握了什么真理？（是怎么学到的？）二、你遇到了什么问题？经年累月，第一个问题的答案从“蠕虫不会飞”“冰摸起来烫手”“我们的州只有三个县”到“国际象棋里的卒比后厉害”，不一而足。与第二个问题相关的话题可能有“有个女孩扇了我一巴掌”“我又长粉刺了”“代数”和“拉丁语动词变位”。对于与提问者个人相关的问题，在座的每一个人都会建言献策。之后，无论问题是解决了还是悬而未决，孩子们都会被打发去洗澡更衣，大点儿的孩子会帮助弟弟妹妹们。布克热爱星期六早晨的这些聚会，之后作为奖励，他们将迎来一周最绚烂的时刻——他母亲会端上一桌丰盛早餐，叫盛宴也不为过：松软酥脆、热腾腾的曲奇，雪白烫口的玉米糊，浅金黄色、鲜嫩软糯的炒鸡蛋，还在滋滋冒油的香肠小馅饼，番茄切片，草莓酱，鲜榨橙汁，还有玻璃罐里的牛奶。这是些她储存起来留待周末打牙祭的食物，毕竟在一周的前五天里，他们吃得很朴素：燕麦、时令水果、米饭、干豆子和手边的任何一样绿叶菜——甘蓝、菠菜、卷心菜、羽衣甘蓝、芥末叶或萝卜叶。周末大餐特地做得很奢侈，就是因为在那之前，他们可是勒紧裤腰带过日子的。

家庭聚会和大餐只中断过一次，那是在亚当失踪的漫长的几个月里。那段时间，死寂像一枚定时炸弹，在房子里弥漫并默默计时，最终总会爆发出一次次愚蠢、无聊、恶毒的争吵。

“妈，他在看我！”

“别看她了。”

“他又看我了！”

“别再看了。”

“妈！”

斯塔伯恩家请求警察帮忙寻找亚当。警察出动后，立即搜查了他们自己的房子，仿佛这对焦急的父母才是罪魁祸首。他们查看了父亲是否有犯罪记录，没有。“有消息了会通知你们。”他们说，然后就把这件事抛到了一边。又一个黑人小男孩失踪了，那又怎样？

布克的父亲曾经深爱着他那些怀旧的拉格泰姆[①]爵士乐唱片，如今他一张也不想放了。对布克来说，其中有一些听不听都无所谓，可他不能没有“书包嘴”路易斯·阿姆斯特朗。失去一个哥哥是一码事——那让他心痛欲裂，可一个失去了阿姆斯特朗小号曲的世界，让他心如死灰。

后来，早春时节，草坪上的树木开始酝酿绿意时，有人找到了亚当。在一条排水沟里。

---

①起源于 20 世纪初的一种黑人钢琴音乐，以参差不齐的拍子为特征。

布克跟着父亲去认尸。尸体很脏，被老鼠啃过，一只眼窝已经空了。一顿饱餐后，蛆虫早已欢天喜地地回了老家，沾满泥土的破烂黄色T恤下只剩一副被剔食得干干净净的白骨。尸体没有穿裤子和鞋。布克的母亲没跟他们去，她受不了。她在脑海中深深镌刻下长子蓬勃而惊人的美貌，而拒绝接受其他的一切。

尽管牧师的高声布道滔滔不绝，尽管邻居成群结队地前来，尽管精心烹制的菜肴一盘又一盘地送到家中厨房，但对布克来说，这场棺盖始终紧闭着的葬礼却简陋而孤独。正是那种浮夸令他倍感孤凄，仿佛和他亲如双子的哥哥被又一次埋入无形的土中，被歌声、布道声、泪水、人群和花束窒息。他想改变这种哀悼的方式，让它变成私密的、特殊的，更重要的是，完全属于他自己的。年长他两岁、温柔如蜜的亚当是他崇拜的对象，也是那个曾经和他一起蜷在母亲肚子里的哥哥的完美替身。大人们告诉布克，他那个哥哥出生后没来得及喘上一口气就死了。他们告诉他这件事时，他三岁，但他早就通过某些方式得知了这个夭折兄长的存在——他能感受到一团温暖的虚空，与他并肩行走；他在院子里玩耍时，它会坐在门口的台阶上等着他；睡觉时，它和他躺在同一条被子下。随着布克渐渐长大，那团虚空在形态上淡化了，转而成为一个深入他内心的伙伴，他无比信赖它的反应与直觉。当他上了小学一年级，开始每天和亚当一起上学时，后者完完全全地替代了它。因此，亚当被谋杀后，布克再也没有伙伴了。两个都死了。

布克最后一次见到亚当时，他正在暮色中踩着滑板沿人行道一路滑去，黄色的 T 恤在白蜡树下亮得刺眼。时值九月，万物尚未开始凋亡。枫叶的绿仿佛永远不会褪色，白蜡树也仍在努力向一片明净的天空伸展。西沉的太阳迸发出惊人的生机，虎视眈眈地盯着这个世界。亚当漂浮在树篱和耸立的树木之间的人行道上，像一颗金色的亮点，正沿着幽暗的隧道向一轮活力四射的太阳嘴边奔去。

对布克来说，亚当不只是一个哥哥，也不只是父母按字母顺序给孩子们起的名字里的那个“A”[①]。只有他知道布克的想法和感受，他开的玩笑坦率辛辣、发人深省，但又并不恶毒，他是兄弟姐妹里最聪明的，他爱每一个弟弟妹妹，但布克在他心中位居第一。

那抹在幽暗的隧道中滑向远方的燃烧的黄色，在布克脑

①亚当名字的首字母是 A，布克是 B。布克的弟弟妹妹，卡罗尔、多诺万、艾丽、费弗尔、古德曼，名字的首字母分别是 C、D、E、F、G。

中徘徊不去。他在棺盖上放了一朵黄玫瑰，之后又在墓旁放了一朵。亲戚们从远方赶来，看死去的孩子下葬，为斯塔伯恩家送上安慰。来的人里就有德鲁先生，布克的外祖父。他是个成功者，对任何不如自己富有的人都流露出毫不掩饰的敌意，连亲生女儿都不能叫他“爸爸”或“爸”，而要叫“德鲁先生”。然而，就算是这样一个靠向穷人收取高额租金聚敛起财富的无情老头，也维持了自己所剩无几的礼貌，没有把对这个生活拮据的家庭的厌恶写在脸上。

葬礼过后，斯塔伯恩家小心翼翼地回到了之前的轨道上，阿姆斯特朗、艾拉·菲茨杰拉德、西德尼·贝彻、杰利·罗尔、金·奥利弗和邦克·约翰逊[①]的乐声从留声机中流淌出来，成为飘浮在房间里的背景音。他们重新拾起了在早餐盛宴前聚会的习惯，布克和他的弟弟妹妹们——卡罗尔、多诺万、艾丽、费弗尔和古德曼——都绞尽脑汁地为那两个不变的问题寻找有趣的答案。那一阵子，家里所有人都奋力快活得像《芝麻街》里的布偶，希冀只要足够努力地生产快乐，生活就能变得甜蜜，死者也会得到安宁，但布克只觉得他们讲的笑话异常生硬，编造出的问题也价值观扭曲、粗俗无礼。在葬礼期间以及随后的那段日子里，在布克看来，只

①这些都是爵士乐史上的著名人物。

有一位从外地赶来的亲戚，被他们喊作“奎恩”[1]的姨妈，是这套机械流程中唯一的“异类”。传说她结过很多次婚，嫁过一个墨西哥人、两个白人、四个黑人和一个亚裔，但没人记得他们的顺序，因此也没人记得清她的姓氏。她身材敦实，有一头火红的头发。她从加州一路开车过来参加亚当的葬礼，让这个陷在悲痛中的家庭大吃一惊。只有她一个人察觉到了侄子的悲伤中混杂的愤怒，把他拉到了一旁。

“不要忘了他，”她说，“直到他准备好离开为止。在那之前，用尽一切力气记住他。等是时候了，亚当会告诉你的。”

她的话安慰了他，给了他勇气，也让他明白他从家人那里感受到的责难并不公平。

父亲放的这种让灵魂舒展的音乐，布克要靠它来缓解和整理混乱的思绪。他生怕日后会有另一场这样的危机让它从生活中消失，于是问父亲自己能不能去学小号。当然可以，斯塔伯恩先生说，只要他自己赚到一半学费就行。布克对邻居们软磨硬泡，做了一堆杂活，赚够了钱。他不再参加星期六早上的聚会了，转而去上小号课，这稍稍减轻了他对弟弟妹妹们日益增长的不满。他们怎么可以假装一切都已结束？他们怎么能忘了这件事，重新回到生活中呢？到底是谁杀了

①原文为“Queen”，意为“女王、王后”。

亚当，凶手人在何处？

他的小号老师大清早就有了点儿醉意，但无论如何，他都是个优秀的乐手，还是个更优秀的老师。

“你的肺活量不错，也知道手指怎么动，现在只需要学会用嘴。等这三样都齐全了，你就可以把它们通通忘掉，到时候曲子自然就出来了。”

练习了许久，他做到了。

六年后，布克十四岁，小号技艺已渐渐纯熟。那一年，世界上最好的人被捕了。经过审讯，他被判犯有连环奸杀罪，受害者是六名男孩。凶手把他们的名字文在肩膀上，亚当是其中的一个。博伊西。莱尼。亚当。马修。凯文。罗兰。凶手选择猎物时对种族一视同仁，他的受害者们简直可以去拍《天下一家》[①]的音乐录影带。文身师说，当时他以为这些是那位客人孩子们的名字，他没有去想别的可能。

这位世界上最好的人是一个为人随和的退休汽车修理工，平时会帮人修理家电。他尤其擅长修理旧冰箱——从二十世纪五十年代使用至今的飞歌和通用电气牌产品——以及老式煤气炉和火炉。“是因为脏，”他曾经说，“大部分机器失灵是因为从来都没人清理过。”每个请他修过东西的人

①迈克尔·杰克逊呼吁为非洲人民捐款的著名公益曲目。

都记得这句忠告。还有人想起了他的微笑，那么友善，甚至称得上有魅力。人们对他的其他印象不外乎一丝不苟、干活利索，总之，人非常好。此外人们记得最清楚的就是他总带着一只可爱的小狗，一只被他唤作“小子”的梗犬，他开着货车，一人一狗四处转悠。警方没有透露他们掌握的细节，但这无法阻止被害男孩们的家人采取行动、提出质疑。对于他们的孩子可能遭受的虐待，再黑暗的想象都比不过眼见为实的冲击。每当他们回忆起在停尸房里呕吐、哭泣、面如死灰、无助地晕倒在地的情景时，六年来的悲伤和追问也随之涌上心头。

亚当被发现时，尸体已经残缺不堪。但案发时间更近的几起绑架留下了证据，提供了可怕的细节。很明显，这些孩子在遭受性侵害和折磨时是被绑起来的，凶手甚至还砍掉了他们的手脚。这个世界上最好的人肯定用他的小白狗做了诱饵。案件的关键证人，一位年迈的寡妇回忆说，她曾目睹一个孩子坐在那辆货车的副驾驶座上，大笑着把那只小狗抱起来磨蹭。在那之后，她在商店橱窗里、电线杆和树上都看到了寻找失踪儿童的启事，她觉得其中一个孩子就是那个大笑的男孩，于是报了警。警察当然知道那辆车是谁的。车身上用红蓝相间的字母打着广告：“有问题？我解决！ WM. V. 亨伯特。家电维修。”警察搜查了亨伯特先生的家，在地下室里发现了一张脏兮兮的床垫，上面有招摇的血迹，他们还发现了一个精心装饰的糖果罐，里面放着细心包裹好的干瘪肉块，粗略鉴定便发现，那些都是孩子的阴茎。

民众打着正义的旗号要求复仇，呼声狂热而撕心裂肺，标语、法院前的集会、媒体报道铺天盖地，看起来犯人不偿命不足以平息这一切。这些人中有布克的身影，但他对如此轻率的解决方式不以为然。他想要的并不是凶手的死，而是他的余生。他花时间设计着会给凶手带去无尽痛苦与绝望的惩罚。非洲是不是有个部落，会把受害者的尸体绑在凶手后背上？那才叫正义——凶手要背负着逐渐腐烂的尸体走来走去，这既是身体上的负累，也是公开羞辱与唾弃。民众的怒火和对给这个世界上最好的人定罪的大声疾呼，给他的震撼几乎不亚于亚当之死。审讯本身耗时不长，但前期准备用的时间对布克来说漫长得难熬。在这件事见诸各大报端、成为广播访谈节目的话题，邻里间的热议不绝于耳的那段时间里，布克挣扎着找到了一种办法，让自己的感情冷静下来、不受旁人影响，并与其他受害者家人的痛苦和狂怒区分开来。他想，亚当的悲剧不该仅仅是报纸上像票价一样浓缩成一行的公告，是六个名字中的一个。它是私人的，只属于这对兄弟。两年后，一个令他感到满意而平和的解决方案出现了。他重现了当年在亚当葬礼上的举动，在左肩上文了一小朵玫瑰。他文身时坐的是凶手当年坐过的那把椅子吗？用的是曾经刺在凶手面团般惨白的皮肤上的针头吗？他没有问。文身师的记忆里没有那个傍晚耀眼的黄色，那朵玫瑰的颜色成了一种偏橙色的红。

进入大学让他如释重负，也帮他转移了注意力，他很快便对校园生活着了迷——不是对课程，也不是对教师，而是对他躁动不安、自以为是的同学们，那种神奇的吸引力一直持续了两年。从大一开始直到大二结束，他所做的一切不外乎对外界的回应：讥讽、大笑、不予理会、吹毛求疵、贬低抹黑。这是一个年轻人所能进行的批判性思考。他和他的室友们根据色情杂志和电影对周围的女孩品头论足，根据他们看过的动作片来在彼此间分出高下。不费吹灰之力就能取得好成绩的是聪明人，但是退学的才是天才。到了第三年，他轻微的愤世嫉俗转变成了悲观抑郁。同学们的观点开始变得既无聊又惹人生厌。这些观点不仅有迹可循、不再出人意料，还妨碍了真正严肃深入的探究。与他为吹出完美的《野猫蓝调》[①]而下苦功不同，本科生的世界不需要新点子或创造

①美国著名爵士乐演奏家、作曲家西德尼·贝彻的名曲。

性思维，也没有任何新思想能够渗透进这群离经叛道的年轻人周围美好的迷雾。学生们对伊拉克战争的焦虑曾在校园里激荡，但现在一切都已归于平静。如今，“讽刺”大获全胜、高扬旌旗，把咯咯笑当作誓言；如今，教授们温顺易控已成惯常。于是，布克回想起在迪卡特的家里，父母在星期六早晨的聚会上提出的问题：一、你又掌握了什么真理？（是怎么学到的？）二、你遇到了什么问题？

一、到现在为止一无所获。二、绝望。

因此，为了学一些有用的东西，也为了缓和这种绝望，他申请读研究生。他专注于审视财富的演变，从物物交换一路研究到原子弹时代。在他看来，这是一条有趣的智慧之旅，不仅约束、控制住了他的愤怒，还解答了关于种族主义、贫困和战争的一切。政治世界令他憎恶。那些参与政治的积极分子，无论是复古派还是进步派，在他眼中都固守错误、不切实际。那些革命者，无论采取武力还是和平手段，都对他们获得“胜利”后该发生什么毫无概念。谁来掌权？“人民”？可能吗？这么说目的何在？最好的结局是向大众普及一个新观念：他们得由一个政治家来领导。剩下的就是为这场戏寻找观众了。人类的一切罪恶都可归咎于“财富”一词，于是他决心在自己的人生中永远不向它妥协。他清楚地知道自己未来文章和著作的对象和主题，并为此搜集着资料。除了学术领域的必读书目以外，他还会读些诗和杂志，但从来不读小说，不管是不是名著。他喜欢读某些诗，是因为它们和音乐有异曲同工之妙；喜欢翻杂志，是因为能从对文化的探讨中看出政治的影子。在读研究生的日子里，除了为之后的论文撰写提纲，他也开始写些别的东西。他开始尝试将无标点的句子组织成充满韵律的段落，用以表达他在思考中发现的问题和得到的答案，其中的大部分被他丢掉了，有一小部分，他保留了下来。

拿到学位后，布克一个人回了家，参加母亲为他举办的庆祝晚餐。他想过让断断续续交往着的女友菲莉希蒂跟他一起回去，但最后还是没有这么做。他不想让一个外人来评判他的家庭，那是他自己的职责。

家庭聚会刚开始时一切顺利，甚至称得上欢乐，直到他上楼回到和亚当一起住过的旧卧室的那一刻。自己上来是要寻找什么，他不清楚。这个房间今非昔比，不仅如此，它仿佛在跟他对着干。他和亚当的两张单人床被一张双人床取代了，遮光窗帘换成了白色的透明窗纱，一张小桌子下铺着一块矫揉造作的毯子。最糟糕的是，曾经挤满了他们的球拍、篮球、桌上游戏等等各种玩具的衣柜里，如今挂着他妹妹卡罗尔的衣裙。然而，最让他忍受不了的是他那块旧滑板失踪了。它和跟随亚当一起消失的那一块一模一样，念及此，愤恨堵得他喘不过气来。布克被悲伤击垮了，他脚步虚浮地走下楼来，可一看到妹妹，这种苍白的无力感就变成了它炽烈的兄弟——暴怒。他挑起话头，骂了卡罗尔，后者不甘示弱地顶回来，争吵愈演愈烈，惊动了全家人，斯塔伯恩先生终于喊了停。

“别吵了，布克！又不是只有你一个人难过，别人有别人的怀念方式。”他父亲的声音就像刀上的钢刃。

“是啊，当然了。”布克的语气充满敌意，还带着点鄙夷。

“别以为在这个家里爱他的人只有你一个，亚当也不想看着你这样。”他父亲说。

“你根本不知道他想怎样。”布克成功地把眼泪憋了回去。

斯塔伯恩先生从沙发上站了起来。“我知道我想怎样。我想让你要么老实待着，要么从这个家里滚出去。”

“别，”斯塔伯恩太太小声说，“别这么说。”

父亲和儿子瞪着彼此，他们的视线在激烈的交战中胶着。斯塔伯恩先生获得了胜利，布克离开了家，在身后重重地甩上了门。

布克离开了他这辈子唯一能称作家的地方，踏入一场仿佛故意为他准备的暴雨。雨水让他像一个借着夜色潜入别人家的不法分子般立起衣领，埋下头，缩着脖子，眯起眼睛。他沉浸在被暴风雨助长的情绪里，沿着迪卡特街越走越远。在和卡罗尔吵架之前，他曾经试着劝说父母找个方法来纪念亚当，比如成立一项数额不多的同名奖学金。他母亲觉得这个主意不错，但他父亲皱起眉头，坚决反对。

“我们没有那个闲钱，也没有干那种事的时间，”他说，“而且，真正喜欢和记得亚当的人，不需要别人提醒。”

布克早已从卡罗尔和其他弟弟妹妹身上嗅到了一种怨毒不满的气息，在费弗尔和古德曼眼里，布克想给一个在他们还是婴儿时就死了的哥哥立一座雕像。布克认为这样做是出于对家人的爱，其他人却觉得他在对他们指手画脚，想让他们唯命是从，想抢占这个家里父亲的位置。不就是拿了两个学位吗，他就以为他能控制所有人了？他们对他的自大相当不以为然。

重回当年和亚当一起住过的卧室，他猝不及防地发现，他们从生活中清除出去的，不只是亚当，还有他自己存在过的痕迹。他在之前提议设立纪念仪式时感受到的反对之线，此刻编成了一股结实的绳。所以，他做了早该做的事：在家人面前甩上门，头也不回地走进雨中。

布克问菲莉希蒂能否在她那里借住几天时，她说：“好啊，当然。”他很感激她回复得如此之快，毕竟，把研究生宿舍里的东西搬空后，他还没有可以住的地方。在回学校的大巴上，他翻看着自己带的几期《代达罗斯》[①]，这才从对家人的失望中抽离出来。然而，当他回到宿舍，只留下心爱的小号，开始把校园生活的其他遗迹——教科书、跑鞋、穿到走形的衣服、笔记本和杂志——一件件扔进纸箱时，那种失望重新浮上心头，强烈得难以抗拒。过了好一阵儿，他终于不再为家人拒不理解而暗自神伤，给女朋友打了电话。菲莉希蒂是个代课教师，他们的关系持续了两年，主要是因为他们常常有大段时间见不到面，她经常因为要顶替哪个得了急病的正式教师而被突然调到偏远地区。因此，他很自然地提出去她那里暂住，彼此都清楚这只是为了方便，而没有任何让关系更进一步的意思。那时正是夏天，菲莉希蒂可能不会接到什么任命，他们可以无限期地享受在一起的时光，一起看电影、吃饭、跑步，随心所欲。

一天晚上，布克带着菲莉希蒂来到“2 号码头”，一家以

①美国人文与科学院主办的学术刊物。

小型爵士乐队而闻名、生意已远不及从前的餐馆。他一边吃着虾配米饭一边想，小型舞台上的这个四重奏乐队需要一个吹铜管乐器的。他这么想已经不是一两次了。流行音乐的所有类别中基本都有弦乐器的存在，比如吉他和贝斯，再配上钢琴和若干打击乐器。而除了东大街乐队、温顿·马萨利斯乐团那样的大师级团体以外，不管是作为背景还是独奏，乐队里都很少会有萨克斯、单簧管、长号或小号的一席之地，他强烈地感受到了这种空缺。于是，这天晚上乐队休息时，他来到充斥着大麻的烟雾和大笑的乐手的拥挤后台，问他们能否让自己偶尔参加演出。乐手们不想再多一个人分工钱，何况还是不认识的，当即拒绝了他。

“滚吧，兄弟。”

“谁让你进来的？”

“至少听我吹一下吧，”他请求道，“我会吹小号，你们加上小号效果更好。”

吉他手们翻着白眼，但鼓手说：“星期五晚上来试试，那时候就算你演砸了也没人在意。”

布克没有把这场即将到来的面试告诉菲莉希蒂，她对他的小号特长毫无兴趣。

星期五晚上，布克依鼓手所言带来了小号，在后台吹给他们听，竭尽所能地模仿着路易斯·阿姆斯特朗的独奏。鼓手点了点头，键盘手笑了，两个吉他手没有提出异议。从那天起，布克就加入了这个名叫“大男孩”的乐队，每周五，当餐馆里挤满了食客和酒客，没人会注意到音乐声时，他会和他们同台演奏。

到了九月，“大男孩”解散了。鼓手搬走了，键盘手去了更大、更好的地方演奏，布克和吉他手，迈克尔和弗里曼·切斯，开始在街上演出，街边散落着一个个眼里闪着冰冷怒火的无家可归的退伍兵。在音乐的环绕中，他们得到了更慷慨的施舍，但这也无法减轻他们的愤怒。那段日子是布克生命里最美好的时光，但很快就过去了。夏天结束时，他与菲莉希蒂的关系已经恶化到了无可挽回的地步。他们享受着这种室友兼情人的关系度过了大半个夏天，之后却开始相看两厌，毕竟两个人此前都没有留意到彼此的某些习惯。菲莉希蒂抱怨布克练习小号的声音太吵，她每晚和朋友们举办的派对他也不愿赏脸。布克讨厌菲莉希蒂抽烟，讨厌她对外卖食物、音乐和酒的品位，她不仅热衷于开门迎接频繁到访的亲戚，还相当爱管闲事，总在打探他的私人生活。最糟糕的是，他发现她固执到让人难以忍受。事实上，和他对她的看法一样，菲莉希蒂也觉得他扫兴又讨厌。唐纳德·伯德、弗雷迪·哈伯德、布鲁·米歇尔或者任何布克钟爱的乐手的音乐，她觉得自己再听哪怕一次，都会发疯。在她眼里，布克成了一个有厌女症的失败者。不管怎样，即便对彼此的厌恶像霉菌一样滋生，他们本来还是可以凑合着一起过日子的，但随后的一件事终止了一切：布克被捕，在拘留所里过了一晚。

当时他从一辆车旁边走过，车停在一个空车位旁，里面坐着一对男女，正轮流用烟管抽可卡因。起初，他对这一切没什么兴趣，然后他注意到了一个孩子，差不多两岁大，正在那对瘾君子开的丰田的后座上边哭边叫。他走到车边，猛地拉开车门，把那个男人拽出来，一巴掌抽在他脸上，把烟管踹到了地上。接着那个女人就跳下车，跑来帮她男人的忙。这场三人混战并没有什么杀伤力，反倒十分滑稽，但因为持续时间长且声势浩大，引起了购物者和警察们的注意。三个人都被拘留了，而那个哭叫的小女孩被送到了儿童福利机构。

菲莉希蒂得给布克付罚金。法官对布克网开一面，因为他和布克一样对那对毒虫父母的所作所为感到恶心。但整件事让菲莉希蒂气坏了，她问他，这事跟他有什么关系，他为什么非要插手？

“你以为你是蝙蝠侠吗？”

布克摸索着右边的牙床，看看牙到底是松了还是掉了。那个女人比她男人有劲，那个男人虽然张牙舞爪地挥着拳头，却没有一下打对地方。他的牙就是女人打坏的。

“他们的车里有个小孩，一个婴儿！”他说。

“那又不是你的孩子，也不关你的事！”菲莉希蒂喊道。

只是有点儿松动，布克判断着，但他还是会去看一下牙医的。

在回家的路上，虽然谁都没说，但他们都知道两人的关系到此为止了。回到公寓之后，菲莉希蒂继续唠叨了差不多一个钟头，但面对布克沉重的缄默，她放弃了，去洗了个澡。布克没有像之前那样跟她一起洗。

布克的工作经历乏善可陈。他只在一所公立初中教过音乐，那是尴尬而又麻烦不断的一个学期。因为没有证书，他没法去教别的课。他也报名参加过几次乐手面试，但都被淘汰了。他在小号方面的天赋只能说尚可，还达不到出众的地步。

就在他最需要的时候，时来运转。卡罗尔找到了他，带给他一封律师事务所写给他的信。德鲁先生去世了，出乎所有人意料的是，他的遗嘱上没提自己的子女，反而写着外孙们的名字，于是布克将和弟弟妹妹们一起分得这位老人时常引以为豪的财富。他不想去思考外祖父的财产是通过怎样贪婪而罪恶的手段聚敛起来的，他告诉自己，这个靠压榨穷租客暴富的老房东已经死了，这笔钱也因此变得清清白白。挺好的。现在他可以自己付房租了，他在一片安静的街区租了个安静的房间，然后继续在街上或其他破败的小酒吧里吹小号。这些没机会进录音棚的乐手们只能在角落里演奏，不为挣那一点勉强糊口的钱，而是为了增加实际演出经验，彼此合作搞一些创新，毕竟他们的听众是不付钱的，也就容易满足，不会吹毛求疵。

然后就是那一天。他的人生和音乐之路都被改变了。

布克张大了嘴，望着那个黑蓝色皮肤的年轻女人，被她的美丽震惊得目瞪口呆。她站在人行道上，正在大笑。她穿着白衣服，头发像栖息在她头顶的成千上万只黑色蝴蝶。她在和另一个皮肤雪白、一头金色细发辫的女人说话。一辆豪华轿车开上了人行道，两个女人等着司机给她们开门。尽管目送着那辆车开走让布克感到难过，但他向火车站入口处走去时，一直在微笑。他要在那里和那两个吉他手一起演奏，可迈克尔和切斯都不在，这时他才发现在下雨，雨滴轻柔而坚定地落下来。太阳还很耀眼，从浅蓝色天空坠落的雨滴仿若水晶，掉进人行道上的光斑里。他决定一个人在雨中吹小号，即便知道没有一个行人会驻足聆听：他们一个个正在边收伞边冲下台阶，向火车跑去。刚刚那个女孩纯粹的美丽俘虏了他，沉浸在余韵中，他举起小号贴上嘴唇。他听到了此前从未从自己的号管中流淌出来的音乐。低沉、柔缓、被拉得悠长的音符，组成了一串在雨滴中飘荡的旋律。

布克找不到能形容自己感觉的话语，他只知道在他边演奏边想着她时，吸饱了雨水的空气有种丁香的味道。路边散落着垃圾的街道看起来并不肮脏，倒很有趣；酒庄、美容院、餐馆、二手店挤在一起，其乐融融，毫不遮掩地散发出友善的气息。每一次想象她的眼睛闪亮地望向自己，或是嘴唇轻启，向自己展露一个诱人而无防备的微笑，除了一股汹涌的欲望以外，他还能感觉到，亚当死后笼罩他多年、让他不得安生的阴云在渐渐瓦解。当他踏出那片阴云，重新回到亚当滑向夕阳那天之前心满意足的状态时，她就在眼前。她是一座午夜般黝黑的伽拉忒亚①，已经有了生命，并将永远活在这

①希腊神话中塞浦路斯国王皮格马利翁雕刻的少女。皮格马利翁爱上了这座雕像，向神祈求让它获得生命，最终打动了爱神。爱神让雕像活了过来，二人结为夫妻。

世上。

在第一次见到她等车的几个星期后，布克又一次与她不期而遇。当时她正在体育馆外排队，等待入场观看“黑加乌乔人”乐队的唯一一场演出。那支乐队是颗炙手可热、冉冉升起的新星，曲风带有巴西和新奥尔良爵士风格。队伍又长又吵闹，躁动不安，然而当门向人群打开时，他挤过了她身后的四个人；人们找到各自的长凳时，他已经成功站在她身后了。

在被音乐蛊惑的空气里，肢体上的禁忌纷纷被打破，性的意味像奶油般醇厚，于是，用手臂环住她的腰看起来不只是一个自然举动，更是一件不可避免的事。他们在一起跳着，舞着。当音乐停止，他的伽拉忒亚向他转过脸来，露出了他一直梦寐以求的无防备的微笑。

“布莱德。”他问她名字的时候，她这样回答。

天哪，他小声说。

从一开始，他们的性爱就是宁静、持久的，充满了艺术美感，它对布克来说如此不可或缺，他会特意连续禁欲几个晚上，好在回到她床上后感觉一新。他们的关系完美无缺。他尤其喜欢她对他私人生活毫无兴趣的态度，和菲莉希蒂不同，布莱德不会窥探他的隐私。布莱德美得惊人，很好相处，每天都有事忙活，不需要他时时刻刻陪在身边。她身处化妆品公司的环境中，有着与其相称的自恋，这份自恋也反射出了他对她的迷恋。因此，一旦她开始喋喋不休地向他描述同事、产品和市场，他便会凝望着她令人着魔的眼睛，它们是如此善于表情达意，传达信息的能力远远超过了语言。他想，她有双会说话的眼睛，搭配着富有韵律的声音。她的每一处特征——高耸的颧骨、诱人的嘴唇、鼻子、前额、下巴和眼睛——都因她黑曜石和午夜一般深沉的肤色而显得更加精致、更具美感。无论是躺在她身下、悬在她身上还是把她抱在怀里，她的黝黑都让他感到震撼。接着，他可以肯定，自己不仅怀抱黑夜，而且拥有了它，如果说他怀中的这份黑夜还不够，他还总能在她的眼中看到星光。她那种天真无邪、非刻意而为之的幽默感总能逗他开心。她虽然身处美容行业，却从不化妆，所以当她让他来帮忙选择最迷人的唇膏色号时，他哈哈大笑。她对白色装扮的坚持也让他觉得很有趣。他不愿和世界分享她，几乎从来都不想出去跳舞，但他无法抵抗和她一起在昏暗、俗气的舞厅里跟着迈克尔·杰克逊的高音或詹姆斯·布朗[1]的嘶喊跳舞的诱惑。他们都对在

①美国灵魂乐教父。

拥挤的说唱酒吧里贴紧身体感到欲罢不能。除了陪她无节制地血拼以外，他不会拒绝她的任何要求。

有时，她也会摘下激动人心的时尚业界成功女性的面具，打破仿佛能完全掌控自己生活的假象，坦承一些痛苦或有缺憾的童年记忆。一想到有任何人竟敢伤害她，他的心口就升腾起怒气。他比谁都清楚，童年的伤痕会化脓溃烂，永远都不会结痂痊愈。于是他藏起愤怒，给她安慰。

布莱德与她母亲和可憎的父亲间复杂的关系意味着她和他一样，早已从家庭羁绊中解脱。他们的世界里只有两个人，除了布莱德那个讨厌的、假惺惺的朋友布鲁克琳以外，来自她同事的干扰也越来越少。他依然会在周末和某些下午与切斯和迈克尔一起演奏，但与以往不同的是，他的生命中多了在海边看日出的辉煌早晨，还有牵着手在公园里漫步的凉爽夜晚，那时他们会在脑中编排着即将在她公寓的每一个角落上演的鱼水之欢。他们像神父一样理智，又像魔鬼一样充满创造力，因此，他们发明了性爱。那时候他们就是这么想的。

布莱德去上班时，布克沉浸在独自练习小号的快乐中，随手写下一些旋律寄给他最喜欢的姨妈奎恩。布莱德家里没有书，只有时尚和八卦杂志，于是他会经常去图书馆阅读或重读他大学时期忽略或没有读懂的书。《玫瑰之名》[1]便是其一，还有《勿忘奴隶制》[2]，一本令他深感震撼的文集，他谱写了一些平庸而感伤的旋律来纪念那些故事。他读了马克·吐温，很喜欢那种残酷的幽默；读了沃尔特·本雅明[3]，为译文之美所折服；重读了弗雷德里克·道格拉斯[4]的自传，第一次欣赏起那气势磅礴的行文中隐藏和展露的恨意。他还读了赫尔曼·梅尔维尔，皮普[5]的遭遇令他心碎，让他想起孤单一人、被世界遗弃、被偶然现身的邪恶海浪吞噬的亚当。

在像食物一样不可或缺的性爱、随心所欲演奏的音乐、令人眼界大开的书籍、好相处又善解人意的布莱德的陪伴下度过六个月的狂欢后，这座童话般的虚幻城堡在泥沙构筑的地基上崩塌了。布克逃之夭夭。

---

①意大利哲学家、作家翁贝托·埃科的第一部小说。
②一部讲述奴隶制下人生经历的文集，由一度为奴隶者的自述整理而成。
③德国哲学家、文学批评家，代表作有《单向街》《机械复制时代的艺术品》等。
④ 19 世纪美国废奴运动领袖，奴隶出身的黑白混血儿，在逃到北方后成为杰出的演说家、作家和政治家。他的三部自传是美国黑人文学的开山之作。
⑤梅尔维尔小说《白鲸记》中的黑人鼓童。

第四部

布鲁克琳

她音讯全无，只给我们的上司打了个电话，问能不能延长假期。她需要康复，心理建设，诸如此类。但她完全没说她要去哪儿、去干吗。直到今天。我收到一张字条，是一张从黄色横纹练习本上撕下来的纸，字迹潦草。上帝啊，我不用看都知道她写了什么。“抱歉，我走了，我必须走。除了你，我生活里的一切都变了样……”

愚蠢的小婊子，空有一张脸蛋。她没告诉我她要去哪儿，去多久。我敢肯定，她是去找那个男人了。对我来说，她的想法就像电视屏幕下方滚动的新闻头条，一目了然。还是个孩子的时候，我就有这种能力。当女房东偷走了我们餐桌上的钱，还说我们拖欠房租时，我知道她干了什么。当我叔叔又一次蠢蠢欲动地想摸进我腿间时，我也知道，甚至在他意识到自己想这么干之前就知道了。我要么躲起来，要么逃跑，要么假装胃疼尖声大叫，这样我妈就能从酒后的睡梦中醒来，看看我怎么了。信不信由你，我一向能觉察到别人想要什么、我该怎么取悦他们，自然也能反其道而行之。我只失败过一次，就是面对布莱德的情人那次。

我也逃跑过，布莱德，可我那时候才十四岁，天底下也没人关心我，我只能自己照顾自己。所以我创造出了一个自我，让它变得无比强悍。我以为你也是这样，可一到男人的问题上，你就完蛋了。我一见到你最近在交往的这个——在我看来就是个骗子——就知道他会让你变回当初那个战战兢兢的小女孩。和一个刚坐完牢的疯婆子打了一架后，你就认输了，还蠢到放弃了这个世界上最好的工作。

我是从给理发店扫地开始的，然后做了侍应生，之后终于在化妆品店搞到一个职位。在进入希尔维娅还是个遥遥无期的梦的时候，我就已经开始在我爬到的每一个位置上不择手段地打拼，无论是什么，都休想阻碍我前进。

但你呢，你只会哇哇哭着，喊着“我要逃跑”。跑去哪儿呢？某个连真正的文具甚至明信片都没有的地方？

醒醒吧，布莱德。

城里女孩很快就会对单调如硬纸板的乡下小镇感到厌倦。无论天气如何，是有钢铁般耀眼的阳光还是冷入骨髓的雨，这里给人的印象始终是人们都在破旧的盒子里混日子。最关切的目光也会因此变得冷漠。没错，那对曾经的嬉皮士为了实践自己反资本主义的理想，也住在一条几乎荒废的乡间土路边上，但那是另一回事。伊芙琳和史蒂夫曾经环游世界，他们有过危机四伏、目标明确的刺激生活，但在镇子上出生后就从未离开的那些普通村民呢？布莱德并不是瞧不起路边的这一排排狭小、老旧的住宅和活动房，她只是感到迷茫。布克为什么会选择这种地方？Q. 奥利弗又是什么人？

她已经驱车前行了一百七十英里，偶尔能开上一段土路，其中有些一定是穿着莫卡辛软皮鞋的土著和狼群开拓出来的。卡车走这种路并不难，但换成一辆装了扇鳖脚车门的捷豹，就困难重重。布莱德小心地开着车，不时望望前方，看有没有动物或是其他东西挡路。看到钉在一棵杉树树干上的标牌时，她早已筋疲力竭，因此暂时无暇细想一股渐渐在心底升腾而起的恐慌。虽然身体已经不再缩小，但她至少两个月，甚至有三个月没来过月经了。她深感不安。现在，她的胸部一片平坦，腋下和私处光秃秃的，耳洞消失了，体重也在减轻。她正在无可逆转地变回一个惶恐不安的黑皮肤小女孩。她努力想打消这种怀疑，却是徒劳。

她最终发现，所谓的威士忌，不过是分布在一条碎石路两旁的六七栋房子和路尽头的一片拖车和活动房。隔着路边一片看起来万分愁苦的树林，一条与路平行、窄而深的小溪静静流淌。房子没有门牌地址，但一些活动房的主人在各自坚固的邮箱上用油漆写了名字。在对外来车辆和陌生访客警惕的目光下，布莱德开着车慢慢寻找，终于，她在一间浅黄色活动房前的信箱上看到了“奎恩·奥利弗”的字样。她停好车，向房门走去，突然闻到了汽油和火的味道，似乎是从房后传来的。她悄悄绕过去，看见一个体形肥胖的红发女人正在向一张床垫的弹簧上喷洒汽油，仔细研究该烧什么地方。

布莱德匆匆回到车上，等待着。两个孩子走了过来，也许是这辆时髦的车吸引了他们的眼球。但他们接着就被坐在驾驶座上的女人分去了注意力，惊讶地瞪着她，简直有几分钟没眨眼睛。布莱德没理会这两个呆若木鸡的孩子。她习惯了走进一间屋子后看到陌生白人面面相觑。他们的表情对她而言无关紧要，因为在被她的黝黑激得倒抽一口气后，他们总免不了艳羡她的美丽。尽管她已经在杰瑞的帮助下充分利用了自己的黑皮肤，突出了它，美化了它，她还是不由回想起和布克的一次交谈。当时她在埋怨自己的母亲，她告诉他，甜心恨她，就因为她黑。

“那只是一种颜色而已，”布克说，“是天生的，不是缺憾，不是诅咒，不是福分，也不是罪过。”

“可是，”她争辩说，“别人觉得你的种族——”

布克没有让她说完。“从科学角度讲并不存在种族，布莱德。既然种族之分并不是先天就有的，种族歧视就只是选择问题。当然了，需要的人会四处传授它，但它仍然只是一种选择。那些种族主义者如果不紧紧抱着种族歧视不放，就会一无所有。”

他的这番话十分理性，彼时也令她安心，但面对日常生活却无能为力——比如此刻，坐在车里接受白人孩子惊愕目光的洗礼，看着他们露出在博物馆里看到恐龙时那种着迷的表情。如今，她离开了自己的安全区域：砖砌街道和整洁草坪，以及行走其上、肤色各异、不见得会帮她但也不会害她的人群。可即便如此，她也不会就这样放弃自己的目标。她已下定决心，去探寻真正的自我：她是软如棉絮，还是坚若钢铁？因此，她的旅途中不允许撤退和回头。

半小时过去了，孩子们离开了，一轮镀了镍似的太阳明晃晃地挂在天顶，车里温暖起来。布莱德做了个深呼吸，走向那扇黄色的门，敲了敲。那个纵火的女人出现时，她说："你好，请问布克·斯塔伯恩在吗？有人告诉我到这里来找他。"

"那家伙，"那个女人说，"有很多信都寄到我这里了——杂志啊，广告单啊，还有他自己写的东西。"

"他在这里吗？"布莱德被挂在这个女人耳朵上的足有贝壳那么大的金色圆盘晃花了眼。

"不在。"女人摇了摇头，目光炯炯地盯着布莱德的眼睛，"但他就在附近。"

"是吗？附近是多近？"知道Q. 奥利弗并不是个年轻的情敌后，布莱德舒了口气，开始问路。

"走路就可以到，不过你进来吧。布克不会跑没影儿的，他就躺在家里，摔坏胳膊了。进来吧。你现在这个样子，就算是头浣熊看到了也不会想啃的。”

布莱德被噎了一下。过去三年，无论她走到哪里、遇到谁，听到的都是她有多超凡脱俗、有多美丽的称赞——魅力四射，梦中情人，性感热辣，真了不得！而眼前这个有一头毛茸茸红发、用目光对她品头论足的老女人，一笔就抹掉了人们对她的全部溢美之词。她又变回了当年母亲家里那个丑陋的、黑得过分的小女孩。

奎恩钩了钩手指。“进来啊，姑娘。你得吃点东西。”

“啊，奥利弗女士——”

“叫奎恩就够了，亲爱的。而且我的姓应该读作奥利维。进屋里来。我这儿一般只有我一个，不过谁饿了可瞒不过我的眼睛。”

也是，她说得没错，布莱德想。这趟漫长的旅途中，她始终绷紧了神经，都没注意到自己的肚子在咕咕叫。她听了奎恩的话走进屋里，又惊又喜地发现这是个整洁、舒适、讨人喜欢的房间。有那么一刻，她怀疑自己是不是被引诱进了女巫的巢穴。很明显，奎恩做针线活、织毛线、钩花、织蕾丝花边都是一把好手，她的窗帘、沙发套、垫子和绣花餐巾都做得相当精致。床是空的，弹簧显然还放在外面冷却，床头板上搭着一条柔和色块拼接的被套，花色和她屋里的其他布艺品一样搭配巧妙。相框和茶几之类的小件家什也摆放得别出心裁。有一整面墙上挂满了孩子们的相片。一台双炉灶上放着一口锅，里面正煮着什么东西。奎恩一看就是那种不习惯被拒绝的人，她把两套瓷碗、餐巾、花丝柄银汤匙放在了和餐巾配套的亚麻垫上。

一张窄桌旁放着几把搁有漂亮椅垫的椅子，布莱德坐下来，看着奎恩把浓汤舀进两只碗里。汤里有鸡块，还有豌豆、土豆、玉米粒、西红柿、芹菜、辣椒、菠菜和零星的贝壳通心粉。布莱德尝不出那种味道强烈的调料是什么——咖喱？小豆蔻？蒜？辣椒粉？黑胡椒和红辣椒？无论如何，口感如同神赐。奎恩拿来了一篮温热的饼，在她的客人身边坐下，对着食物做了祷告。有好几分钟，她们专注地吃着，没有开口说话。终于，布莱德从汤碗上抬起头来，擦了擦嘴唇，长出一口气，问女主人："我刚才在屋子后面看到你了，你为什么烧弹簧？"

"有臭虫，"奎恩说，"每年我都会赶在产卵期之前把它们烧出来。"

"哦，我都没听说过这种事。"布莱德觉得眼前这个女人稍微可亲了一些，便问道："布克给你寄了什么？你说有他自己写的东西。”

“没错，是他写的，他总时不时地给我寄过来。”

“写的什么？”

“那我就不知道了。你想看的话，我给你瞧瞧。话说你找布克有什么事？他欠你钱吗？你肯定不会是他女朋友，我感觉你跟他不怎么熟。”

“是的，可我以前以为我们很熟。”她倒没有真这么说，但她突然明白了，鱼水之欢不能代替对一个人的了解，那里面的信息量其实少得可怜。

布莱德再次用餐巾擦了擦嘴。“我们同居过，然后他把我甩了，就这么简单。”她打了个响指。“他一句话不说就走了。”

奎恩咯咯笑着。“哦，没错，他就喜欢一个人跑掉。他连自己的家人都不要了，只有跟我还不错。”

“是吗，为什么？”布莱德并不喜欢被和他的家人相提并论，但这件事让她感到很惊讶。

“他哥哥被谋杀了，当时他们都还是孩子。他家里人对这件事的反应让他很反感。”

“啊……”布莱德喃喃说道，“太惨了。”在旁人看来，她表现出了一种适当的同情态度，但实际上她非常震惊，因为她从来都不知道有这样的事。

“不只是惨。那件事几乎毁了他们家。”

“他们做了什么让他离开了？”

“继续生活。过回普通人的生活。他希望他们能以他哥哥的名义设立一个纪念仪式、基金会或是别的什么，可他们没兴趣。一点儿也没有。他们闹崩，我也有责任。我告诉他，要时刻记着他哥哥，尽可能久地缅怀他。我没料到他对我的话这么当真。总之，亚当的死已经融入了他的生活，我觉得甚至成了他的全部生活。”奎恩瞥了布莱德的空碗一眼。“再来点？”

“不了，谢谢。味道非常好，我就没吃过这么好吃的东西。”

奎恩笑了。“这可是我综合我历任丈夫祖国的食谱发明的万国菜，一共七个，从德里到达喀尔，从得克萨斯到澳大利亚，再加上中间的几个。”她大笑起来，肩膀簌簌颤抖。“这么多男人，看重的东西全都一样。”

“是什么？”

“他们得当我的主人。”

有过这么多丈夫，如今却孤身一人，布莱德想。“你有孩子吗？”当然有，房间里到处都是他们的照片。

“很多。有两个跟他们各自的爸爸和继母住在一起，两个参军了——一个在海军，一个在空军。还有一个，我最小的女儿，在读医学院，她可是我最喜欢的。倒数第二大的在纽约的什么地方，富得流油。他们大多会给我寄钱，这样就不用来看我了，但我能看到他们。”她向那些从精美相框中注视着她们俩的人挥手。“我也知道他们在想些什么。不过布克一直跟我有联系。来，我给你瞧瞧他在想什么。”奎恩走到一个整整齐齐地悬挂和堆放着缝纫用具的橱柜边，从底下搬出一个老式的面包盒子。她在里面翻找了一通，拿出一小叠夹在一起的薄薄的纸，递给她的客人。

字写得真好看，布莱德想，她突然意识到自己从来没见过布克写的任何东西，连他写自己的名字都没见过。一共有七张纸，他们在一起的每个月各有一张，还多出一张。她慢慢地读着第一页，食指划过正在阅读的位置，因为字里行间几乎没有标点。

嘿姑娘你那头发卷卷的脑袋里除了在黑暗房间里贴得太近跳舞的黑色人影以外还有什么来抚慰渴求着更多的嘴巴它知道自己想要的就在那里就在某处等待一根舌头和几缕呼吸来抚摸那些咬噬着夜晚并将其整个吞下的

牙齿全世界背弃了你所以驱散那些乌烟瘴气的梦境吧来躺在沙滩上躺在我臂膀间我会用来自你从未见过的海岸的白沙覆住你澄澈湛蓝的海水轻舔着海岸让你涌出幸福的泪你会知道你终将属于你诞生的这颗星球并可以在大提琴宁静的低沉吟唱中走向外面的世界。

布莱德把这段话读了两遍，几乎没懂多少。让她觉得不舒服的是第二页的内容。

　　她的想象切割刮擦着骨头却从未触及骨髓这种方式清清白白毫无瑕疵而那种深入骨髓的肮脏感觉恐惧地颤抖像把嗡鸣的小提琴它的弦有朝一日会断裂会发出荒腔走板的凄声哀呼因为对她而言永恒的蒙昧远比生命的锐痛令人安心。

奎恩已经洗完了碗，问她的客人要不要喝点威士忌，布莱德婉拒了。

读到第三页的时候，她回想起了她跟布克的某次交谈，意识到那可能就是他写下这篇东西的导火索。那一次她告诉他当年的房东干了什么，向他讲述了自己童年生活的细节。

你像一头驮着重负的牲口般承接了一个陌生人的咒骂之鞭和其上盲目的恶毒以及它留给你的伤痕你视这咒骂为你奋斗终生想要推翻的定义哪怕那个可恶的词不过是画在岸边的一条细线只要被一波同样盲目的海浪抚弄就会没入无边大海的世界那浪就如同偶然落在单簧管音栓上的手指乐师将这一捺转为静默以使真正的旋律响彻。

布莱德飞快地扫过后面的三页。

想搞懂种族主义分子的恶意只会助长其嚣张让它气球般膨胀高高飞越人们头顶唯恐坠落到地面在那里连一片草叶都能划破它让它流出稀溏的粪便污染为它着迷的观众就像霉菌毁灭钢琴键一般黑键白键、升音降音都不放过好为它的腐烂谱写一曲挽歌。

我拒绝为我的耻辱感到羞耻，你知道，正是他们将这种恰恰与他们的无足轻重和寡廉鲜耻相配的耻辱强加给我他们死死抱住人类对何为下等与瑕疵最轻率的定义只是为了掩盖他们自己的怯懦将其伪装成班卓琴音般纯净之物。

谢谢你。你向我展示了暴怒脆弱和敌意的鲁莽以及洒满了不折不扣之光明与爱的碎片的担忧担忧担忧这不失为一项善举让我终于能离开你而不至于将深深的悲伤倾入生活它不但会令人心碎更会摧毁头脑让它忘记双簧管如何尖叫如何将静默撕成碎片以昭示你炫目得无法自制的美如何用其旋律构建优美宜人的居所。

布莱德迷惑地从纸上抬起眼睛看向奎恩。奎恩说："挺有意思的吧？"

"是很有意思，"布莱德答道，"但也很奇怪。我在想这是写给谁的。"

"他自己，"奎恩说，"我猜都是关于他自己的，你不觉得吗？"

"不，"布莱德喃喃地说，"这些是关于我的，关于我们在一起的那段日子。"她接着读了最后一页。

你应该认真看待每一种心碎鼓起勇气让它们像脉冲星一样闪耀和燃烧无法也不愿被安抚以致沦为可悲的自

责因为那爆炸的光亮就像定音鼓的轰鸣一样庄严地高声回荡。

布莱德放下了那几页纸，遮住了眼睛。

“去找他吧，”奎恩低声说，“他就在这条路尽头，河边最远的那座房子。好了，起来洗洗脸，去吧。”

“现在我不知道我该不该去了。”布莱德摇摇头。一直以来，她都如此依赖自己的外表，美貌一向是她的利器。她从来不知道它的肤浅所在，也不了解自己的懦弱，那是甜心教给她的至关重要的一课，把它钉进她的脊椎，让她弯下了腰。

“你怎么回事？”奎恩听起来不高兴了，“你大老远赶过来，结果扭头就走？”然后她开始学着小孩子的声音唱起歌来：

不知道为什么
天上没有太阳
走不动了
我一无所有
暴风雨……

“去他妈的！”布莱德一掌拍在桌上。“你说得太对了！太对了！这是我的事，不是他的。是我自己的！”

“你怎么来了？滚出去！”布克从窄小的床上坐起来，指着站在他拖车门口的布莱德。

“去你的！我才不走，你得——”

“我说了，滚！现在就滚！”恨意让布克的眼神沉入无底深渊，但也让它熊熊燃烧起来，他抬起那条没有打石膏的胳膊指向大门。布莱德迅速向他跑去，跑了九步，使出浑身力气狠狠地抽了他一个耳光。布克回了一击，力道刚好让她扑倒在地。布莱德爬起来，从桌上抄起一只米狮龙啤酒瓶砸在布克头上。瓶子破了，布克倒在床上，一动不动。布莱德握紧了手里剩下的一截瓶颈，看着布克头上的血流进他的左耳。几秒钟过后，他恢复了意识，用手肘撑起身体，转过涣散的目光斜斜看向她。

“你甩了我！”布莱德尖叫道。“没给我一句解释，一句都没有！现在我想听你解释，不管是什么，我想听，说啊！”

布克用右手抹掉了左边脸上的血，咆哮道：“我什么都不用告诉你。”

“不，你得告诉我。”她扬起了碎裂的酒瓶。

“马上给我滚，不然别怪我不客气。”

“别说没用的，回答我！”

“天哪，这女人。”

“到底为什么？我必须知道答案，布克。”

“先告诉我你为什么要给一个猥亵儿童的罪犯买礼物，老天，她就是因为那个被送进了监狱。告诉我你为什么要去讨好一个魔鬼。”

“我撒谎了！撒谎了！撒谎了！她是无辜的。我指认了她，可她根本没做那些。我想做点弥补，可她狠狠地揍了我一顿，是我活该。”

室温并没有升高，但布莱德在流汗，她的前额、上唇，甚至连腋窝里都湿透了。

“你撒谎了？到底为什么这么干？”

“为了让我妈握我的手！”

“什么？”

“然后骄傲地看着我，哪怕只看一眼都好。”

“那么，她如你愿了吗？”

“是啊，她甚至都有点喜欢我了。”

“所以你是想告诉我——”

“闭嘴！给我解释！你为什么甩了我？”

“哦，上帝啊，”布克抹了一把流到脸颊上的血，“这么说吧，你看，我哥哥是被一个变态杀死的，那是个专门诱捕小男孩的恶棍，我以为你原谅的那个女人跟他一样——”

“跟我有什么关系？又不是我！我可没杀了你哥哥！”

“好好好，我知道，可——”

“可什么可！我在努力弥补一个人被我毁掉的生活，可你除了指责所有人以外还知道什么？混蛋。给，擦擦你手上的血。”布莱德扔给他一条洗碗巾，放下了手中酒瓶的残骸。她在牛仔裤上擦了擦手，把头发从汗湿的额上抹开，然后坚定地看向布克。“你爱不爱我无所谓，可你他妈的得尊重我。”她坐到桌边的一把椅子里，双腿交叠。

接下来是一段漫长的死寂，唯有他们呼吸的声音穿插其中。他们没有看着彼此，而是移开目光，看向地板、他们的双手，看向窗外。几分钟过去了。

最后，布克觉得他应该说点什么关键的话来让这件事告一段落，他得做点解释，可当他张开嘴时，舌头却动弹不得——他完全不知道该说什么。没关系。布莱德已经在椅子上睡着了，下巴垂向胸口，长腿也分开了。

奎恩没有敲门，她径自推开布克拖车的门，走了进来。她看到布莱德仰面摊在一把椅子上，布克眼睛青肿。“老天啊，你们干了什么？”

“打了一架。”布克说。

“她没事吧？”

“没。她自顾自睡着了。”

“‘打了一架’，她大老远赶来就是为了对你拳打脚踢？为什么？是为了爱还是她在你手里吃的苦？”

“可能都有吧。”

“好吧，咱们别让她睡在那个椅子上了，把她放到床上去。”奎恩说。

“好。”布克站了起来。奎恩帮只剩一条胳膊能动的布克把布莱德搬到了他那张窄小、凌乱的床上。布莱德哼了两声，但没有醒。

奎恩在桌边坐下。“接下来你要拿她怎么办？”

“我不知道。”布克回答说。“有一阵子，我们两个的关系还是很完美的。”

“你们为什么分手了？”

“谎言。沉默。说不出真相或是原因。”

“比如？”

“我们小时候的事，发生了什么，我们为什么那么做、那么想，为什么我们如今的某些行为不过是在回应我们小时候的经历。”

“对你来说是亚当？”

“对我来说是亚当。”

“对她来说呢？”

“是她小时候撒的一个弥天大谎，把一个无辜的女人送进了监狱。那个女人因为强奸儿童被判了很多年，但她是清白的。她对那个女人太过热心，至少当时那让我觉得很奇怪。我们吵了一架，然后我走了。既然她要给罪犯送礼物，我只想离她远远的。”

“她为什么要撒谎？”

“好让她妈妈爱她一点吧。”

“上帝啊，真是一团乱。至于你，你又想起了亚当吧？你总对他念念不忘。”

“没错。”

奎恩交叠起手腕，向前靠上桌子。“他还要控制你多久？”

“我也没办法，奎恩。”

“没办法？她说出了她的真相，你的呢？”

布克没有回答。他们两个在沉默中坐着，布莱德的轻鼾是此间唯一的声响。最后，奎恩说：“你不找到一个高贵的理由是不会承认自己失败的，是吧？说不定你只是想找到一些够深奥的借口，好感觉自己高人一等。”

“不对，奎恩，不是你想的那样！完全不是。”

“好吧，那是怎样？你把亚当捆在自己后背上，让他没日没夜地工作，好填满你的脑子。你不觉得他已经够累了吗？他都死了还不得安生，还要替别人活，他一定累坏了。”

“亚当没在支配我。”

“确实，是你在支配他。你有一秒感觉不到他的存在吗？有过吗？”

“这个嘛。”布克回想起站在雨中的那一天，他演奏的音乐如何在看到踏进豪华轿车的布莱德之后瞬间脱胎换骨。在那一刻，一直包围着他的阴云消散了。他想起他们跳舞时他环在她腰间的手臂，想起她转过头来时脸上的微笑。“好吧，”他只得再一次表示，“有一段时间还是挺好的，我跟她相处得非常好。”他藏不住眼神里的幸福。

“我想你所谓的好还不够好，所以你才又把亚当叫回来，让他用他的死把你的脑子变成一具尸体，让流过你心脏的血变成福尔马林。”

二人对视良久，最后，奎恩站起身来，丝毫没有费心掩饰自己的失望。她说了句“真傻”就离开了，留布克一个人垂头丧气地坐在椅子上。

奎恩慢吞吞地走回自己家，心里时而感到有趣，时而又觉得悲哀。有趣是因为她已经有很多年没有目睹情人吵架了，她上一次见到这种场景还是住在克利夫兰的时候，那里的年轻人以戏剧表演般夸张的方式宣泄着大起大落的情绪，当着其他人的面肆无忌惮地与彼此纠缠，也清楚在看不见的地方还有其他窥视的眼睛。她在与历任丈夫的相处中体验过这一切，然而如今几乎所有丈夫都已融合为一个在她心中无足轻重的形象，唯独除了第一任，约翰·拉弗迪，她是跟他离婚的，对吧？她记不太清了，毕竟她跟第二任丈夫也是以离婚告终。奎恩对上了年纪后的选择性记忆报以微笑，但悲哀让她笑不出来了。布莱德和布克的关系中展现出的愤怒与暴力，无疑证明他们正年轻。然而，他们把睡着的女孩搬到床上、让她躺下之后，奎恩看到布克把布莱德乱成一团的头发从她的额上拂开。她飞快地瞥了一眼他的脸，被他眼中的温柔感动了。

他们会毁了这段关系，她想。他们两个都会紧紧抓住一个关于痛苦和悲哀的小小伤心故事——生活把那些年代久远、充满痛苦的烦心事倾倒在了他们纯洁无辜的心灵上。他们两个都会永无休止地改写着那个故事，为它编织情节、揣摩主题、创造含义，却也抛弃了它的源头。多么浪费啊。她自己就亲身体验过爱有多难，又是多么自私、多么容易被割断。无论是禁欲还是纵欲，是无视子女还是溺爱他们，是重新审视真实的感情还是拒绝正视其存在。年轻是他们享受结局未知的爱的借口，直到他们不再年轻，那时，这样的爱就变成了无可辩驳的成年人的愚蠢。

我曾经很美，她想，真的很美，于是我相信有美貌就足够了。事实上确实够了，直到我不再美丽的那一天，从那时起我就必须做个真正的人了，也就是说，我得开始思考。我变得足够睿智，知道超重只是一种状态而非疾病；看到自私鬼的第一眼，我就能立刻发觉。可是，对她的孩子们来说，这种睿智来得太迟了。

她的每一任“丈夫”都会从她身边夺走一两个孩子，将他们据为己有，或是带着他们逃走。有几个把孩子们拐到了自己的祖国，还有一个被情妇抓走了两个孩子，而他们所有人，除了真心实意的约翰尼·拉弗迪以外，都有假装爱她的充分原因：美国国籍，美国护照，经济支持，照顾起居，或是一个暂时的住处。她从来没有机会把一个孩子抚养到十二岁以上。过了很久，她才明白了他们甚至包括她自己虚情假意的动机，她想，是生存，不仅是字面上的，还有情感上的。在一切尘埃落定后，如今的奎恩独自住在这片蛮荒之地，打着毛线，织着布，衷心感谢亲爱的基督给了她一条遗忘之毯和一只小小的智慧之枕，以慰藉她行将就木的生命。

此前一系列的转折，尤其是奎恩对自己毫不掩饰的反感，让布克感到不安和深深的不快，他走出拖车，坐在门前的台阶上。天就要黑了，这座杂乱无章、没有街灯的小村就要被黑暗吞噬。从几台收音机中将会传出缥缈的音乐，像老旧的天顶牌和先锋牌电视机里闪烁的光一样遥远。他看着几辆本地卡车缓慢驶过，一队摩托车紧随其后。卡车司机们戴着鸭舌帽，摩托车骑手们头上绑着围巾。受他唯一信赖的人——他姨妈——居住在此的影响，布克喜欢这地方隐隐约约的无政府主义气息，这地方对它的居民有种无动于衷的态度。他偶尔能从伐木工手中找到些活干，赚的钱倒也够生活，但有一天他从脚手架上掉了下来，摔伤了肩膀。他任思绪漫无目的地游荡，然而总会想到那个迷人的黑皮肤女人躺在他的床上，在高声尖叫着要杀了他、再不济也要揍他一顿之后虚脱的样子。他想，能让她驱车千里来找他的，大概只有仇恨和愤怒了——又或许，难道是爱吗？

奎恩说得没错，他想。除了对亚当的感情以外，我根本不知道爱是什么。亚当没有任何缺点，那么无辜、纯洁，你很容易爱他。如果他活下来，长大了，有了诸如虚伪、愚蠢、无知等缺点，他还会这么容易获得我的爱吗？甚至可以说，我还会觉得他值得我爱吗？如果对方必须、只能是个纯洁无瑕的天使时，我才会付出爱意，这种爱算什么爱？

布克顺着这个思路，继续鞭笞着自己。

布莱德可能比他更懂爱，至少她愿意去探究爱是什么，采取行动，投下赌注，试图摸清这个东西的底细。我却什么险都没有冒。我只是坐在宝座上，从他人的行动中挖掘不完美的迹象。我为自己的聪明才智、占领的道德制高点以及随之发荣滋长的傲慢而沾沾自喜，可是我所谓富有洞见的研究、发人深省的巨著、那些我曾经梦想创作的杰作呢？我一无所成。相反，我写的是抨击别人缺点的只言片语。那倒容易写，太容易了。可我自己的呢？我喜欢她的长相，喜欢跟她上床的感觉，也喜欢她不会对我提要求。当我们之间出现第一次激烈的冲突，我就跑了。我唯一的评判标准就是亚当，奎恩说得没错，他可能已经受够了，不想继续做我的负担和罪孽。

他悄悄走回自己的拖车，听着布莱德轻轻的鼾声，找到了笔记本，再次把他说不出口的话付诸纸笔。

我不再怀念你了亚当如今我怀念的是你的死带来的情绪那种感觉如此强烈它一边塑造了我也一边抹去了你只留下你已不在的空洞让我在其中生活这就像日本锣停止鸣响后的沉寂比随后可能出现的任何声音都更令人胆战心惊。

对不起我为了让自己沉浸在力量的廉价诱惑和掌控一切的幻梦中而囚禁了你。再优秀的奴隶主也做不到更好了。

布克收好了他的笔记本。夜色慢慢把他包裹起来，他听任温暖的空气抚平他的心绪，期待着黎明到来。

在阳光下，布莱德从无梦的睡眠中醒来。这一觉比酒醉更深沉，她从来没有睡得这么踏实过。睡了这么多个小时后，她感觉全身焕然一新，无比轻松，充满力量。她没有马上起来，而是继续躺在布克的床上，闭着眼睛享受全新的活力与灼人的清醒。在坦承过卢拉·安犯下的罪后，她觉得自己有如重获新生，再也不用被迫一遍遍回忆起被母亲鄙夷、被父亲遗弃，不，应该说再也不用被动地等它们从她的生命中消失了。她从畅想中收回思绪，坐起来，发现布克正在折叠桌边喝咖啡，神情中没有敌意，倒更像在思考什么。于是她走到他身边，从他的盘子里拈起一片培根吃了，还在他的吐司上咬了一口。

“再来点儿？”布克问。

“不了。不用，谢谢。”

“咖啡呢？果汁？”

“那就来点咖啡吧。”

“好。”

布莱德揉着眼睛，试着回想昨天她睡着以前发生的事。布克肿胀的左边太阳穴提醒了她。“你只有一只胳膊能动，还能把我弄上床？”

“有人帮我。”布克说。

“谁？”

“奎恩。”

“天哪，她一定觉得我疯了。”

“不会的，”布克把一杯咖啡放到她眼前。“她自己就是个怪人，按她的标准谁都正常得很。”

布莱德吹散咖啡上的热气。“她把你寄给她的东西给我看了。你写的几页手稿。为什么要寄给她？”

“不知道，可能是因为我喜欢它们，舍不得扔，但又没喜欢到要随身带着的地步。我觉得我是想把它们放到一个安全的地方。奎恩把什么都保存得好好的。”

“读的时候我明白了，你写的其实都是我，没错吧？”

“哦，是啊，”布克翻着白眼，发出一声夸张的叹息，“一切都是关于你的，除了它们漂浮其中的整个世界和宇宙。”

“你能不能别再拿我开玩笑了？你知道我在说什么。这些是我们在一起的时候你写下的吧？”

“这些只是想法而已，布莱德，是我的感受，我的恐惧，或者更有可能，是我当时坚信的东西。”

“那你现在还相信心碎应该像星星一样燃烧吗？”

“是的，但星星会爆炸，会消失。而且我们抬头看它们的时候，我们眼里的东西可能早就不存在了。有些星星可能在上千年前就死去了，而我们现在才看到它的光，那只是些看起来像是新闻的过时消息而已。说到消息，你是怎么知道我在这儿的？”

“你有一封信，是张过期账单，从一家乐器修理店寄来的。什么‘典当宫殿’。我就去那儿了。”

“去干什么？”

“去给你还钱，傻瓜。他们告诉了我你可能在哪儿，就是这个鬼地方，他们还给了我一个转寄地址，收信人是Q.奥利弗。”

“你帮我还了钱，然后开了这么远的车过来，就是为了扇我耳光？”

“可能吧，我没想那么多，但我得说，确实很爽。话说回来，我把你的号带来了。还有咖啡吗？”

“我的小号？你带来了？”

“当然，而且修好了。”

“现在在哪儿？奎恩家？”

“在我的后备厢里。”

布克的笑容从嘴唇一直漫到眼睛里，他脸上满是孩子气的快活。“我爱你！我爱你！”他高喊着跑出门，向捷豹冲过去。

它一如既往缓慢而轻柔地生发，羞涩腼腆。一开始，它不确定下一步该落在哪里，只是摸索着前进，试探着滑行，因为它不敢肯定自己最终会变得如何。接着，空气和阳光带来的狂喜让它越发自信，毕竟，那些是它曾经盘踞的草丛里没有的东西。

它曾潜伏在奎恩·奥利弗的院子里，她在那儿烧床垫弹簧，把臭虫在一年里筑的巢化为灰烬。如今，它加快了脚步，时不时跃起一簇细细的红色火舌，沉寂几秒又重新蹿起，更粗、更烈，因为它有了明确的路线和目标：那段在拖车后慢慢腐烂的可口的松木楼梯。接下来是门，一块更大的松木，甜美而柔软。最后，是吸吮蕾丝、丝绸、天鹅绒绣品的愉悦。

布莱德和布克来到奎恩家门口时，一小群人已经围在那里了——失业者、几个孩子和老人们。他们破门而入之前，烟已经顺着窗台和门下的缝溜了进去。布克先进去，布莱德紧随其后，他们蹲在烟雾最稀薄的地板上，爬向躺在沙发上的奎恩，不带热度的烟雾已微笑着将她诱入了意识模糊的深渊。他们被呛得流着泪、咳嗽着，布克用完好的一只手，布莱德用双臂，把失去意识的女人拉到地板上，然后拖到了车前的草坪上。

“再离远点！离远点！”一个站在那里的男人喊道，“那辆车可能会炸！”

布克急着给奎恩做人工呼吸，完全没听到他的话。远处终于传来了救火车和救护车的鸣笛声，对孩子们来说，这声音几乎和烈火的动画之美一样令人激动。突然，一个在奎恩头发里潜藏许久的火星烧着了，转眼间就吞噬了浓密的红发。布莱德眼疾手快，扯下自己的T恤，在火苗蔓延前及时将其扑灭在了奎恩的头发上。她用刺痛、熏黑的双手扯开那件还冒着烟的烧焦的T恤时，看到奎恩已被燎起水泡的头皮上只剩几撮稀稀落落、难以辨认的头发，不由得皱起脸。与此同时，布克一直在轻轻叫着：“醒醒，快醒醒，亲爱的，撑着点儿，快醒醒啊，姨妈。”奎恩大口喘息着，至少是在咳嗽着，吐出嘴里的灰。她还活着。救护车停在附近时，人群壮大了，其中一些观者呆若木鸡，却不是因为那个呻吟着被推上救护车的伤者。他们眼睛睁得大大的，全神贯注地盯着布莱德可爱、饱满的胸脯。可布莱德本人比围观者还要喜悦，她甚至顾不上接过医护人员递给她的毯子，等布克以眼神提醒后才发现。奎恩被推进了救护车，从这个令人难过的情景中分心，她感到些许惭愧。但看到自己完美无缺的双乳奇迹般地恢复，她无法压抑内心的狂喜。

布莱德和布克跳上捷豹，跟在救护车后面。

奎恩入院后，布莱德白天看护她，布克则在夜里来陪床，三个晚上过去了，奎恩才苏醒过来。她的头上缠着绷带，大脑因为药物作用昏昏沉沉，完全记不得是谁救了她。布莱德和布克束手无策，只能看着护士给奎恩插上各种管子，其中一条如玻璃般透明，像热带雨林里的藤蔓一样蜿蜒，其他的则像电话线一样细，不过最抢眼的还是覆住她嘴唇的那朵铁线莲般的呼吸器，她喘息时，气流就从下面发出微弱的咯咯声。

在病床上方的监控器上，几条红绿蓝的线缓缓滑过屏幕，透明袋里跑了气的香槟般的液体沿着那根藤蔓一滴滴注入奎恩了无生气的手臂。因为无法起身，她需要人帮她擦洗、抹润肤霜、重新包裹住身体。布莱德信不过护士公事公办的双手，以最细致体贴的态度全盘包办。给奎恩清洁身体时，她一次只专注一个地方，确保这位女士的某些身体部位在清洁前后始终被掩盖着。她没有为奎恩洗脚，因为晚上换班的时候，布克坚持要自己来尽责完成这项奉献活动，就像复活节时的领圣餐者一样。[①] 他会帮奎恩修剪趾甲，打上肥

①在基督教某些教派中，教众在圣餐礼前需要按耶稣基督设立的仪式为彼此洗脚。

皂，再冲洗干净，最后用一种闻起来像苏格兰石楠的乳霜缓慢而有节律地为她按摩。他也会以同样的程序清洗奎恩的双手，一边洗，一边谴责自己最后一次和奎恩交谈时竟然心怀憎恨。

行这种净身礼时，除了布莱德偶尔轻轻哼唱外，他们都不说话，宁静正是他们需要的香膏。他们像一对真正的夫妻那样分工合作，想的不是自己，而是帮助另一个人。和很多人一起坐在医院等候室里干着急是一种煎熬，但在病人面前无助地盯着她，观察她的每一丝颤动、每一口呼吸和俯卧的身体的每一次挪动，也好不到哪里去。在等待中，他们尽自己所能让奎恩舒服一些，三天过去后，她终于开口说话了，从氧气面罩下传来的声音粗哑，难以听清。某天深夜，氧气面罩终于被取下来了，奎恩轻声说：“我能活下去吗？”

布克笑了。

“没问题，绝对没问题。”他倾身过去，吻了吻她的鼻子。

奎恩舔了舔干渴的嘴唇，再次闭上眼睛，打起呼噜来。

等布莱德回来接替布克时，他告诉了她这个喜讯，他们在医院餐厅一起吃了顿早饭以示庆祝。布莱德要了麦片，布克要了橙汁。

“你的工作怎么样了？”布克抬起眉毛问。

“怎么问起这个？”

“就是问问而已，布莱德。吃早饭的时候说说话。”

“我不知道怎么样了，我也不在乎。再找就是了。”

“真的？”

“真的。你呢，一直做伐木工？”

“可能吧，也可能做别的。伐木工摧毁了一片森林以后，就得换个地方。”

“总之，别替我担心。”

“但我确实担心。”

“你什么时候开始担心我了？”

“从你在我头上打碎一个啤酒瓶开始。”

“抱歉。”

“不骗你，我也很抱歉。”

他们咯咯笑了起来。

此刻，他们远离了奎恩的病床，欣慰于她的好转，情绪也相当放松，像老夫老妻一样开心地逗着嘴。

突然，像想起了什么似的，布克打了个响指，从上衣口袋里掏出了奎恩的金耳环。当时为了给她包扎头部，它们被取了下来，塞进一只小塑料袋，此后便一直丢在病床边桌子的抽屉里。

“拿着，”他说，“这可是她心爱的东西，她希望到她痊愈为止由你来戴着。”

布莱德摸了摸自己的耳垂，发现上面的小洞重现了，她咧嘴微笑，眼睛却湿润了。

“我帮你吧，”布克说，他小心地把针穿过布莱德的耳垂，“还好她在起火的时候戴着这对耳环，不然它们就和其他所有东西一起烧没了。信，地址簿，没一个剩下，全都烧了。我只能给我妈打电话，让她去联系奎恩姨妈的孩子们。”

“能联系上吗？”布莱德问，轻轻摇晃着头，以体会那对金圆盘的感觉。她的一切都回来了，几乎都回来了，只差一点。

“能联系到几个吧，”布克答道，“她有个女儿在得克萨斯，正在读医学院。找到她应该不难。”

布莱德搅了搅麦片，送进嘴里一勺，发现已经凉了。“她告诉我她一个都见不到，但他们会给她寄钱。”

“他们都因各自的理由恨她。据我所知，她为了改嫁抛弃了几个孩子。她改嫁过好几次，要么没带走孩子，要么带不了，孩子的父亲不让。”

“不管怎么说，我觉得她还是爱他们的，”布莱德说，

“她家里摆满了他们的照片。”

“哈，杀了我哥哥的那个混蛋，他的狗窝里也摆满了那些孩子的照片。”

“不是一回事，布克。”

“不是？”布克望向窗外。

“不是。奎恩爱她的孩子们。”

“她的孩子们可不这么觉得。”

“哦，算了，”布莱德说，“别再讨论谁爱谁这个蠢问题了。”她把麦片碗推到桌子中间，拿起布克的橙汁喝了一口。“走吧，记仇的家伙。回去看看她怎么样了。”

他们一人站在病床一边，听到她洪亮清晰的声音，欣喜若狂。

“汉娜？汉娜？”奎恩瞪着布莱德，粗重地喘息着。“过来，亲爱的。汉娜？”

“汉娜是谁？”布莱德问。

“她女儿，学医那个。”

“她把我当成她女儿了吗？天哪。估计又是药物作用，那玩意儿让她脑袋不清楚。”

“或者让她只清楚某些事。”布克说，压低了声音。“关于汉娜，我听说那女孩告诉过奎恩她爸爸做的事，可奎恩视而不见，要么就是觉得无所谓。汉娜的爸爸可能是那个亚裔，或者是那个德州人，总之，她说他对她动手动脚，奎恩不相信。从那以后，她们之间就隔了堵冰墙，再也没能打破。”

“她现在还对那件事耿耿于怀。”

“也许埋得更深。”布克坐在奎恩床脚边的椅子上，听着她一声接一声地呼唤自己的女儿，到最后那呼唤已经变得像耳语一般轻悄。“现在想想，也许就是因为这样，她才告诉我要一直记住亚当，不让他的身影远去。”

“可汉娜还活着。”

“某种意义上已经死了，至少对她妈妈而言。你也看到奎恩墙上的照片了，贴得满墙都是，就像一份名单。不过大部分照片都是汉娜的，从婴儿到少年、到高中毕业，还有获奖留念。那些照片，比起纪念，更像是用来悼念的。”

布莱德走到布克椅子后面，帮他揉肩膀。“我以为她贴的是所有孩子的照片。”她说。

“的确，每个孩子的都有，但绝大多数照片都是汉娜的。”布克把头靠在布莱德肚子上，让潜伏的压力慢慢从体内飘散。

连续几天，奎恩病情的起色令人振奋。她仍然头脑不清，但说话和进食已经无碍。她的话并不好懂，因为里面夹杂着地名——她住过的地方——和说给汉娜听的轶事。

医生的诊断让布莱德和布克很开心："她现在好多了。进步很大。"他们松了口气，开始盘算奎恩出院后的计划。找个地方，三个人一起住？找个大点儿的活动房？他们觉得，至少在奎恩恢复自理能力以前，只要不对彼此过分刨根问底，三个人可以住在一起。

然而，计划中近在眼前的明媚未来一点点笼上了阴影。屏幕上斑斓的线条开始起伏、滑落，又一次次被紧急呼叫的铃声拉回。布克和布莱德紧张地喘息着，看着奎恩的血球数下降，体温升高。一种凶险的病毒像烧毁了奎恩家的野火一样悄无声息地在医院里游走，现在正向她发动攻击。奎恩剧烈地挣扎了一小会儿，然后直直地将手臂抬起，凝固在空中，手指抓挠着，不断向上攀着只有她自己能看到的阶梯。随后，一切都停止了。

十二个小时后，奎恩咽了气。她有一只眼睛还是睁开的，布莱德不相信她真的死了。是布克帮她合上了眼睛，然后，他也闭上了自己的。

在等待奎恩骨灰的三天里，他们为该选什么样的骨灰瓮争执不休。布莱德想用风格典雅的青铜瓮，布克倾向于能埋进地里、有朝一日为土壤增肥的可降解材料。他们随后发现最近的墓园远在三十五英里以外，拖车聚集地也没有合适的埋骨之地，于是决定用一个纸箱来装骨灰，撒在那条小溪里。布克坚持要布莱德在车里等他，让他独自完成这项仪式。布莱德紧张地注视着他走向小溪，右臂抱着装有骨灰的纸箱，左手手指勾着他的小号。她想，最近几天为未来做打算的时候，他们谈得很投机，毕竟他们的注意力都在一个他们共同敬爱的人身上。她不知道如今，一旦他们再次变回两个人，他们之间会怎样？她绝不想离开他，但如果不得不这么做，她也相信自己不会有问题。未来？她可以自己掌握。

尽管布克由衷地悲痛，但他纪念亲爱的奎恩姨妈的仪式未免有些蹩脚：骨灰颗粒大小不一，很难扬起；他的吹奏虽努力向迈尔斯·戴维斯的风格靠拢，却不在调上，缺乏灵魂。他只得草草收尾，带着一股自亚当去世以后便再也没有品尝过的悲伤，把小号扔进了浑浊的溪水，就好像并非他没有吹好它，而是他被这支小号辜负了。他目送着它在水上漂了一阵，然后一屁股坐在草地上，把脸埋进手掌，脑中充满了僵硬而干瘪的思绪。他从未想过奎恩也会死，她怎么可能死呢？按摩她的脚、听着她的呼吸声的时候，他操心的还常常是自己。如今，他想到他的生活已如何混乱不堪：悉心照料一个他爱的姨妈，而这个姨妈现在已经因她的粗枝大叶而送了命——这年头谁还烧床垫弹簧？他的处境又如何因为他曾喜欢的女人再度出现而更加窘迫：如今她从平面变得立体，变得挑剔、体贴甚至大胆。还有，他到底凭什么觉得自己有吹小号的天赋，能独自撑起一场葬礼？凭什么觉得他能以音乐为语言，诉说记忆、表达赞颂、填补失落？有多久了，童年创伤把他狠狠地抛了出去，使他远离了生活的激流与波浪？他的眼睛火辣辣的，却哭不出来。

一股难得的清风吹拂着奎恩的骨灰，它们沿着溪流越漂越远。天空太过阴沉，无法继续洒下阳光，于是转而把湿热的水汽送向大地。深深的孤独和自责压得布克喘不过气来，他站起来，走回车里，布莱德正在那里等他。

车里弥漫着厚重而无情的沉默，可能是因为没人哭泣，也没什么要紧的话可说。不，有一件事需要说，只有这一件。

布莱德深深地吸了口气，打破了死一般的沉寂。现在不说，以后就没机会了，她想。

“我怀孕了。”她吐字清晰，语气平静，目光直视着前方车辙遍布的沙土路。

“你说什么？”布克的声音颤抖着。

“你听见我说什么了。我怀孕了，是你的孩子。”

布克盯着她看了很长时间，然后转头望向溪流，奎恩的最后一点骨灰还在水上浮沉，他的小号却已经不见了。他已经失去了两个至爱，一个被火带走了，一个被水带走了，他想，他不能再失去第三个了。带着一丝若有若无的微笑，他转向布莱德，再次看着她。

“不，”他说，“是我们的孩子。”

然后，他向她伸来了她渴盼了一生的手，她无需撒谎便能握住的手，满含着信赖与关爱——有人把这样的情感叫作“自然而然的爱”。布莱德抚摸着布克的手掌，与他十指相握。他们轻轻地吻了彼此，随后靠回颈垫，让脊椎陷入座椅靠背上柔软的牛皮。他们的视线穿过挡风玻璃，开始一起想象未来的样子。

他们没有在路上遇见拿着鱼竿独自游荡的孩子，在擦肩而过时向坐在这辆脏兮兮的灰色汽车里的成年人投来目光，如果确有这样的孩子走过，他或她可能会注意到这对男女脸上的笑容，那是不会被误解的笑容。他们的眼里满是憧憬，至于那束幸福的光芒源自何处，路过的孩子不会在意。

一个孩子。新的生命。不会受邪恶与疾病侵犯。被保护着，不会遭遇绑架、殴打、强暴、歧视、侮辱、伤害与遗弃。与自我憎恨绝缘。不会误入歧途。绝对清白无瑕。不带一丝愤恨。

他们如此相信着。

甜心

比起郊外那些宽敞昂贵的养老院，我更喜欢这里，温斯顿疗养院。我住的房间不大却很温馨，价钱也便宜，配有二十四小时值班的护士和一周来两次的医生。我刚满六十三岁，还远远未到进养老院的年纪，但某种骨科疾病已经在不知不觉中摧垮了我的身体，我需要无微不至的照料。住在这里的无聊比身体上的虚弱和疼痛更难忍受，好在护士们人都很好。我告诉其中一个我就要当外婆了，她吻了我的脸颊，然后向我表示祝贺。她的微笑和恭喜简直像是给一个即将加冕的国王准备的。

我把蓝色信纸上的话给她看，那是卢拉·安寄给我的——好吧，她签的名字是“布莱德”，但我从不在意那个落款。她写的东西让人头晕眼花。“猜猜怎么着，甜？我非常高兴告诉你这个消息：我怀孕了。我现在激动得不得了，希望你也一样。”我想，这份激动要归功于那个孩子，而不是孩子的父亲，因为她在信里一句也没提到他。我想知道他是不是跟她一样黑。如果是，那么她不用像我当初那般担心了。比起我年轻的时候，如今的情况已经有了一丝变化，皮肤黑得发蓝的男男女女在电视、时尚杂志和广告里随处可见，有的人甚至主演了电影。

信封上没有回信地址，于是我想，我在她心里依然是个要永远受罚的母亲，因为我为了她好，选择了一种必要的方式抚养她长大。这种惩罚会一直延续到我死。我知道她恨我。她翅膀一硬，就立刻把我留在那间糟透了的公寓里，自己远走高飞，去了她能去的离我最远的地方。如今她把自己打扮得漂漂亮亮的，在加州做着一份一流的工作。我上一次见到她的时候，她看起来美极了，我都忘了她的肤色。不过，后来我们的联系也仅止于她寄来的钱了。我得说，我还是很感谢她寄钱给我的，这样我就不用像有些病友那样去讨别人用剩下的东西。我可以自己买一副玩接龙用的新纸牌，而不用继续玩客厅里又脏又破的那一副。我还可以买我想要的牌子的面霜。但我清楚这是怎么回事。我知道她是靠寄钱来躲避、安抚被她抛在身后的那点儿良心的躁动。

如果这么说显得我暴躁又忘恩负义，部分原因在于，这些念头下面藏着的其实是后悔。我后悔自己没能做到和做错的每一件小事。我还记得她初潮时我的反应，她绊倒或是掉了东西时我总是冲她大吼，还有那次，我尖叫着让她少管房东的事。那条老狗。没错，她出生时的肤色确实让我心烦意乱，甚至让我觉得恶心，一开始我还想过……不，我得快点儿把那些记忆抛到脑后。纠缠于那些没有意义。我清楚，在当时的环境下，我做了对她而言最好的事。我丈夫离开的时候，卢拉·安是个累赘，是个重担，可我还是稳稳地接下了她。

是的，我对她很严厉，这是真的。在出庭指证那些老师、获得了前所未有的关注以后，她变得难以掌控了。等她过了十二岁快十三岁的时候，我只能对她更狠。她开始顶嘴了，不吃我做的饭，琢磨着怎么弄头发。我给她编好辫子，她到学校后就会解开。我不能让她学坏。我告诉她到此为止了，告诉她如果继续这样下去，别人会用什么词骂她。我的教育多少还是起了作用的，看看她现在怎么样了？一名富有的职业女性。你能想到吗？

现在她怀孕了。这一步走得不错，卢拉·安。可如果你以为当妈妈就是哄孩子、穿袜子、换尿布，那你就等着好看吧。和你想的完全不一样。你跟你那个我不知道名字的男友、丈夫或者姘头——谁都无所谓——是不是还幻想着“哦，一个小宝宝！乖宝宝，睡觉觉”呢？

听我说，只有成为母亲，你才会发现自己要付出怎样的代价，周围的世界也将向你展露真容，你将明白它是如何运转的，又会发生什么改变。

祝你好运吧，愿上帝保佑孩子。

图书在版编目(CIP)数据

孩子的愤怒 / (美) 托妮·莫里森著 ; 刘昱含译
. —— 海口 : 南海出版公司, 2017.4
书名原文: God Help the Child

ISBN 978-7-5442-8588-9

Ⅰ. ①孩… Ⅱ. ①托… ②刘… Ⅲ. ①长篇小说－美国－现代 Ⅳ. ①I712.45

中国版本图书馆CIP数据核字(2016)第274775号

著作权合同登记号 图字: 30-2016-165

孩子的愤怒
〔美〕托妮·莫里森 著
刘昱含 译

出　　版 南海出版公司 (0898)66568511
海口市海秀中路51号星华大厦五楼 邮编 570206
发　　行 新经典发行有限公司
电话(010)68423599 邮箱 editor@readinglife.com
经　　销 新华书店

责任编辑 黄宁群
特邀编辑 郑小希 第五婷婷
装帧设计 韩 笑
内文制作 田晓波

印　　刷 北京天宇万达印刷有限公司
开　　本 850毫米×1168毫米 1/32
印　　张 6.5
字　　数 110千
版　　次 2017年4月第1版
印　　次 2017年4月第1次印刷
书　　号 ISBN 978-7-5442-8588-9
定　　价 36.00元